KB253004

# 눈물로 읽는 사서함

# 눈물로 읽는 사서함

이송희

북치는마을

# 시인이 걸어 온,
## 빛과 어둠의 길을 돌아보다

해남 땅 끝에서 출발하여 해남 땅 끝으로 돌아가는, 짧지 않은 여행이었다. 2008년 8월 염천 더위 속에서 출발한 이 여행은 시인들이 살고 있는 산과 강, 주변마을 등을 돌면서 모두 52명의 시인을 만나고 그들의 삶의 흔적을 엿보는 값진 시간이었다. 시인들이 나고 자란 고향의 숲과 길, 그들의 개구쟁이 유년시절 이야기를 전해 듣고, 시인을 꿈꿔왔던 그 순수한 열망의 순간들을 기억하는 그들의 눈빛을 바라보는 동안, 담장 뒤로 해가 훌쩍 사라졌다. 그리고 나는 2011년 2월 눈 내리는 어느 날, 다시 해남 땅 끝에서 발걸음을 멈췄다.

이 글은 2008년 8월부터 2011년 2월까지「호남의 시와 시인들」이라는 이름 아래 ≪조선일보≫에 격주로 연재했던 결과물이다. '호남'이라는 공간 설정이 다분히 지역의 테두리에 시인의 범위를 한정하는 것이 아니냐는 오해를 부를 수 있겠으나, 이 글은 명백히 '호남의 시인들'만을 다루는 것이 아니다. 호남의 텃밭에서 오늘까지 시를 일구며 가꿔온 시인은 물론, 호남 곳곳의 길목을 노래한 시인, 호남이라는 새로운 터전에서 삶을 가꾸어가는 시인 등이 이 책 속의 주인공들이다.

이 글은 우리 시가의 뿌리이며 원류인 호남으로부터 출발한다. 독자가 이해하기 어려운 일반적 시 평론의 분위기에서 벗어나 시인과 독자가 대화하는 듯 자연스러운 서평 중심의 글을 요구하는 신문사의 취지에 맞춰 시작되었다. 이러한 의도에서 이 연재는, 시인이란 멀리 있는 존재가 아니라 바로 우리 앞에 가까이 있는 존재라는 인식을 독자들에게 심어주려는 것이 목적이다.

이 글은 시 해설의 길잡이 역할을 꼼꼼하게 하면서도, 편안하게 담소하듯이 시인을 만나는 즐거움을 독자에게 제공하자는 의도가 반영된 것이다. 따라서 시인들의 유년시절이나 한창시절 에피소드는 물론, 처음 시를 쓰게 된 계기, 창작을 할 때의 독특한 습관이나 버릇, 시에 얽힌 다양한 이야기들이 웃음과 울음을 자아내며 독자의 가슴을 조용히 파고들 것이다.

해남 땅 끝에서 출발하여 해남 땅 끝으로 이어지는 짧지 않은 이 여정을 함께 한 시인들은 강경호, 강연호, 강인한, 고성만, 고영서, 고재종, 김강호, 김규성, 김미승, 김선태, 김영재, 김유석, 김재석, 김형미, 김희수, 나혜경, 나희덕, 문 신, 박두규, 박라연, 박성민, 박성우, 박현덕, 백수인, 범대순, 복효근, 서연정, 서효인, 손광은, 송반달, 송선영, 송수권, 신덕룡, 염창권, 오세영, 유강희, 윤금초, 윤석정, 이대흠, 이은봉, 이지엽, 이창수, 장이지, 정영주, 정윤천, 정휘립, 조성국, 최금진, 최한선, 하 린, 허형만, 황형철 시인들(가나다 순)이다. 저마다 생활방식과 시 스타일이 서로 다른 이들이 피할 수 없는 질문은, 호남이 과연 자신의 시에서 어떤 의미를 가지는가이다. 세대의 차이를 비롯한 모든 '차이'를 의식한 가운데서 뽑아 올릴 수 있는 것은 단연, '삶의 원형질'이었다. 삶이나 정신의 뿌리이거나, 내 어머니, 아버지의 뿌리가 여기에 있다는 것이다.

호남의 거리에는 다양한 형태의 문화예술양식이 시민들의

의식 속에 가까이 자리 잡고 있다. 이러한 문화예술의 중심에는 문학이 있다. 특히 이곳은 조선 중종, 명종 이후의 면앙정 송순에서 시작하여, 고봉 기대승, 제봉 고경명, 송강 정철, 백호 임제, 고산 윤선도 등 이름만으로도 당대를 빛냈던 문인들이 기거하면서 섬세한 서정을 불태웠던 곳이 '호남' 아닌가. 호남의 문학은 1920년대 조운의 시조운동, 1930년대 김영랑의 시문학파 운동 및 목포에서 발간된 『호남평론』의 활동을 거쳐 김현승, 이동주, 이수복에 의해 눈부신 해방기를 맞이하게 된다. 6·25 전쟁 후 1950년대에는 잡지 『신문학』과 동인지 『영도』, 『시 정신』 등을 통해 여러 시인이 활동하였고, 1960년대에는 『시 예술』, 원탁시의 전신인 『원탁문학』, 『흑조』 등 유수한 동인지들이 발간된다. 정지석으로 격동의 80, 90년대를 아프게 겪어온 광주·전남의 시인들은, 현재진행형으로 머물며, 밀물과 썰물이 오가는 현대시사의 바다 위에서 다도해의 그 많은 섬처럼 우뚝 서 있다.

이렇듯 호남은 '호남'이라는 기표가 갖는 지정학적·사회적·역사적인 측면을 고려해 볼 때, 간과할 수 없는 우리 문학의 원형적 공간이다. 따라서 호남의 시인을 만나보는 일은 호남 일원을 지역적 경계로 하고, 그 안에서 일종의 공통적 문화를 생산하고 소비해 오면서 살아가는 시인들 모두가 대상이 될 것이다. 호남의 전통들이 융해되어 그곳의 민중들에게 독특한 심리적 공통현상을 만들어냈기 때문이다. 호남에서 태어나 여전히 고향의 텃밭을 일구며 살고 있거나, 이곳에 새롭게 정착한 시인들, 이곳을 못 잊어 늘 시 한 편으로 기억을 되새겼던 시인들, 마음만은 늘 고향에 둔 출향시인들의 시와 삶을 한 자리에 모았다. 그들의 시와 삶에 투쟁의 땅이며, 모성의 땅인 호남의 정신이 어떤 모습으로 스며들어 있는지를 살펴보는 일은 그들의 언어 속에서 지금 호남이 어떤 모습으로 자리 잡아가는가를 짐작하는 일이 된다. 지면과 일정, 그리고 여러 사정상 미처 묻지 못한 시인들의 안부는 다음 기회에 묻기로 한다. 삶은 늘, 돌아서는 순간 아쉬움이다.

긴 연재를 위해 지면을 정기적으로 제공해 준 조선일보사와 권경안 호남취재 본부장님께 감사드린다. 시인은 자신의 슬픔을 글로 표현하며 고통을 더 끌어안는 존재들이 아니던가. 고통을 이겨내는 그들 나름의 방식이 독자의 마음을 매만져 주리라고 믿는다. 시와 시인들의 기쁨과 슬픔, 그 진솔한 이야기들을 읽음으로써 독자들의 마음에도 희망의 빛이 잉태되기를 바란다.


— 2011년 6월 어느 여름, 무등산 자락에서

이송희

# 차례

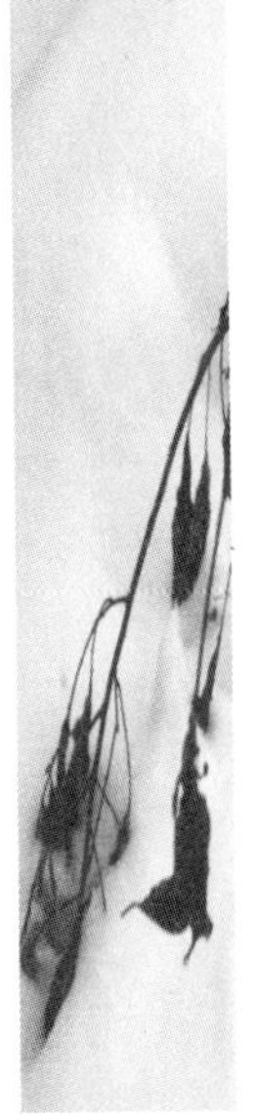

# 석류나무 · 2

강경호

고향집 떠나올 때 싣고 온
석류나무,
이사 따라다니느라
헬쓱하게 야윈 몸매
올봄엔 새로 지은 집에 옮겨 심었는데
보댓겼는지 늦게 움이 트고
병색 완연한 꽃 피었다가
한차례 전염병 같은 태풍 지나가자
남김없이 떨어지고 말았다
낙태한 산모 석류나무에게
미역국 끓여 먹였더니
봄이 다 지나간 칠월 땡볕에
희희낙락 발그레한 낯빛으로
되살아오는 석류꽃

다시, 태풍 불어와 석류나무 멱살 잡아 흔들어도
튼실한 아이 닮은 열매 키워내는데
장한 그 석류나무를 바라보면
달동네 열두 번 이사 다니면서도
아들 딸 셋 쑥쑥 낳아 잘 키워준
가난한 내 조강지처가 푸르르다.

# 햇쑥하게 잎 틔우는
## 석류나무의 시간

어렸을 적, 지독한 낯가림이 있었음을 고백하며 강경호(姜京浩, 1958년생) 시인은 처음 시를 쓰게 된 배경을 떠올렸다. 밖에서 놀다가도 손님이 오면 총알처럼 달려가 구석에 처박혀 어른들 이야기를 엿듣곤 했던 그는 그런 성격 탓에 유독 혼자 보내는 시간이 많았다. 가끔, 함평군 손불면 석창리 바닷가에서 낚시를 하거나, 호연지기浩然之氣를 기르기 위해 손수 만든 목검으로 눈 덮인 나무들을 치기도 하고, 제대 후 4년간 전국일주를 하며 몸과 정신을 단련시켰다고 한다. 그렇게 그는 제 그림자와 같이 놀면서 자연스럽게 책과 그림을 가까이 하게 된 것이다.

"폭설 속에서/ 오롯한 정신 하나로"「눈 속에서」버티며, "얼음 속에 묻힌 수많은 정신을 끌고"「견고한 정신」온 시인. 그는 시인의 자양분이 된 그 시간들을 옹글게 감싸며 시인으로서, 출판사 대표로서, 계간 『시와사람』 발행인으로서의 자신을 탄탄하게 가꾸어 왔다. 그래도 여전히 기름 냄새가 풍기는 그리운 고향인 그림을 잊을 수 없다며, 피카소의 매력에 흠뻑 취했던 추억을 풀어놓는 시인. 이런 그의 예술적 자질과 창작 열정은 낯가림 때문에 혼자 놀기를 좋아했던 유년 시절에서 틔운 것이 아니겠는가.

그는 "내가 완성된 인간이라면 시를 쓰지 않았을 것"이라고 말한다. 그러면서 자신을 가장 객관적으로 돌아볼 때는 아마도 당선소감을 썼을 때가 아니었나 싶다고 한다. 자본주의 사회에서 시인이 무엇을 해야 할 것인가에 대한 물음에 답하기 위해 시를 쓴다고 자부했지만. 그 원대한 포부에 얼마나 부응하고 있는가 자문해 보면, 결국 모든 것은 내 욕망이었구나 하는 생각이 든다고 한다. "나무들이 그냥 잎을 틔우고/ 꽃을 피우는"게 아니라, "무슨 생각이 있어/ 잎을 틔우"「생각」는 것임을 알게 된 것도 불과 얼마 전 지천명에 이르러서다. 이렇게 늦은 깨달음과 겸손은 일에 쫓겨 서두르게 되는 자신을 늘 차분하게 불러 앉힌다.

시 「석류나무 · 2」는 시집 『휘파람을 부는 개』(시와사람, 2009)에 담겨 있는 작품으로, 시인과 함께 살아 온 석류나무를 통해 자신의 걸어 온 길을 함축적으로 보여준다. 화자는 이사를 할 때마다 유년을 함께 보낸 석류나무를 같이 데리고 다닌다. 이사를 따라다니느라 야위고 지친 몸은 병색 완연한 꽃을 피우며 전염병 같은 태풍의 시간을 견딘다. 화자의 정성 속에서 발그레한 낯빛으로 되살아나기까지 힘들게 넘겼을 고비, 그 속에서 시인은 달동네를 열두 번이나 이사 다니면서도 자식 낳고 잘 살아 준 조강지처의 푸르른 삶의 활력을 본다. 가난한 삶 속에서도 자신과 싸워 온 그날이 있었기에 오롯하게 빛나는 자신감으로 올곧이 설 수 있는 것이리라.

아내와 함께 일하다 늦게 귀가하면 "치매에 걸려/ 더운지 차가운지"「기도」도 모르는 아버지와 그런 아버지를 위해 "맛난 음식 살짝 아껴 두었다가/ 몰래"「어머니의 속내」 잡수게 했던 어머니, 그리고 아이들이 기다리고 있다. 자정이 다 되도록 아이들과 야참을 먹으며 담소를 나누는 시간이 무엇보다도 행복한 시인. 아이들이 잠자리에 들면 비로소 자신만의 온전한 시간이 주어진다고 한다. 그는 잠을 덜 자는 만큼 남들보다 세상을 오래 산다는 신조로, 자신을 돌아보고 응시하는 시간을 소중하게 생각한다. 지금은 만성이 되었다는 이 불면의 시간들 속에서 그는 또 다른 시의 글감을 생각해 낼 것이다.

# 세상의 모든 뿌리는 젖어 있다

강연호

문득 떨어진 나뭇잎 한 장이 만드는
저 물 위의 파문, 언젠가 그대의 뒷모습처럼
파문은 잠시 접혔던 물주름을 펴고 사라진다
하지만 사라지는 것은 정말 사라지는 것일까
파문의 뿌리를 둘러싼 동심원의 기억을 기억한다
그 뿌리에서 자란 나이테의 나무를 기억한다
가엾은 연초록에서 너무 지친 초록에 이르기까지
한 나무의 잎새들도 자세히 보면
제각기 색을 달리하며 존재의 경계를 이루어
필생의 힘으로 저를 흔든다
처음에는 바람이 나뭇잎을 흔드는 줄 알았지
그게 아니라 아주 오랜 기다림으로 스스로를 흔들어
바람도 햇살도 새들도 불러 모은다는 것을
흔들다가 저렇게 몸을 던지기도 한다는 것을

기억한다. 모든 움직임이 정지의 무수한 연속이거나
혹은 모든 정지가 움직임의 한 순간이듯
물 위에 떠서 머뭇거리는 저 나뭇잎의 고요는
사라진 파문의 사라지지 않은 비명을 숨기고 있다
그러므로 글썽한 시선으로 바라보지 않아도
세상의 모든 뿌리가 젖어 있는 것은 당연하다

# 우듬지에 매달린
## 존재의 뿌리

　강연호(姜鍊鎬, 1962년생) 시인은 세상의 모든 뿌리가 젖어 있음을 알려주며, 존재의 뿌리에 연결되어 있는 다양한 삶의 흔적들을 더듬는다. 그 뿌리의 근원을 추적하는 일은 결국 자신이 시를 쓰는 이유를 찾아가는 일이며, 오늘의 실존을 증언하는 일이다. 그는 어딘가에서 오는 부음과 "탄식인 듯 중얼거리는 소리"「적멸 봄밤」를 들으며, "그대의 텅 빈 부재를 채우던/ 비애마저 사치스러워 더불어 버리면서"「적멸」 적멸의 세계에 젖어든다. "간절함을 포기하면" 세상이 조용해질까 싶어서이다.

　이미 그는 "우듬지에 겨울 햇살이 이명처럼 매달려 있"「겨울의 빛」음에도 초록이 없으므로 더 이상 햇살이 빛나지 않는다는 것을 안다. 이렇게 우울한 삶의 조각들이 적멸에 이르는 순간에 대한 응시는 살던 사람이 세상을 떠나고 "창살과 문설주"「폐가」만 남은 빈집으로 향한다. 매 순간 텅 빈 내부를 확인하게 하는 이 도저한 허무의 뿌리를 시인은 결코 버리지 않고, 오히려 더 단단하게 밟아서 땅 속으로 깊숙이 밀어 넣는다. 허무의 뿌리에서 "돌이킬 수 없는 물방울 같은, 좌절된 열망의 흔적"「자서」이 뻗어나기 때문이다. 시인은 이 흔적의 글쓰기를 통해 지금은 없는 시간을 기록하거나 그 흔적을 기록하는 것이다.

모든 적멸하는 것들은 어떤 무늬로든 흔적을 남긴다. "언젠가는 저 햇살의 무게조차 견디지 못해/ 폭삭 주저앉고야 말「폐가」지라도, "시선이 닿는 곳까지만 눈부시게 그리운" 시간들을 기록하는 것이다. 흔적을 기록한다는 것은 결국 존재의 자취를 깊이 있게 돌아보는 일이며, 적멸의 순간마다 실존의 의미를 발견하는 일이다.

시집 『세상의 모든 뿌리는 젖어 있다』(문학동네, 2001)의 표제작인 이 시는 사라진 모든 흔적이 존재의 뿌리와 연결되어 있음을 말해준다. 잠시 접혔던 물주름을 펴고 사라져 버린 파문의 뿌리는 동심원의 기억을 불러오고, 나무의 뿌리에서 뻗어나간 나뭇잎은 필생의 힘으로 제 몸을 흔들며 자신의 존재를 증명한다. 나뭇잎이 제 몸을 흔드는 행위는 바람과 햇살, 새들을 불러 모으며 줄기를 뻗어나가는 것이다. 모든 움직임이 정지의 무수한 연속이거나 모든 정지가 움직임의 한 순간이라는 것은 모든 것이 존재의 뿌리에 이어져 있다는 것을 의미한다. 나뭇잎의 고요가 사라진 파문의 비명을 숨기고 있듯 부재는 존재를 증명하는 것이다.

고향을 떠나 전북 익산에 온 지도 십 년이 훌쩍 넘었다는 시인. 고등학교 때 사귄 여학생을 통해 처음 시를 접하고, 대학에서 시를 쓰게 되었다는 그는 시상이 떠오를 때면 대체로 밤을 샌다고 한다. 별다른 취미랄 것도 없는 재미없는 사람이라고 자신을 소개하면서도 화분 가꾸기나 뉴에이지 음악을 좋아한다는 은근한 자랑을 하기도 했다. 그리고 나중에 주택에 살게 되면 꼭 텃밭을 일궈 상추나 고추 등을 가꾸고 싶다는 소박한 꿈을 내보인다. "언제 어디서인지 뜻하지 않게 시는 오는 것"이라는 파블로 네루다의 시 한 구절을 되뇌며, 그는 오늘도 시의 뿌리에서 뻗어 나온 흔적을 기록하고 있을 것이다.

# 바람이 센 날의 풍경

강인한

하고 싶은 말이 많은 것이다
플라타너스는 플라타너스대로
은행나무는 은행나무대로
바람 속에 서서
잃어버린 기억들을 되찾으려고 떨며
지느러미를 파닥 거린다
흘러가버린 저녁 구름과 매캐한 소문과
매연과 뻔한 연애의 결말들은 길바닥에 차고 넘쳐
부스럭거리는, 창백한 별빛을
이제는 그리워하지 않겠노라고
때이른 낙엽을 떨군다
조바심치면 무엇하냐고
지난 겨울 싹둑싹둑 가지를 잘린 나무들은
눈을 틔우고 잎을 피워서 파닥파닥
할 말이 많은 것이다 할 말이 많아서
파닥 거린다 춤을 춘다

물 건너간 것들, 지푸라기들 허공을 날아
높다란 전깃줄에 매달려 몸부림치고 소스라치는
저 검은 비닐들을
이제는 잊어야, 잊어야 한다고
빗금을 긋고 꽂히고 내리꽂히는 햇살을
온몸으로 받아내며
부러져버린 진보와 개혁 그 허깨비 같은 잔가지를
물끄러미 내려다 본다
비리고 썩은 양심은 아래로 잦아들어
언젠가는 뿌리 깊은 영양이 되겠지만
뭉칫돈을 거래하는 시궁 속의 검은 혀
아무에게서나 주무르는 시뻘건 후안무치에 대해서도
하고 싶은 말이 많은 것이다
많아서 상처투성이의 지느러미를 파닥거리며
나무들은 바람 속에서 아우성치는 것이다

# 긴장의 시학을 견지하는 형형한 눈빛



"시는 언어의 보석이다. 그 속에서 빛나는 것은 시인의 영혼이다." 이 말은 강인한(姜寅翰, 1944년생, 본명: 강동길) 시인이 40년 넘게 시를 쓰면서 궁구窮究한 끝에 얻은 '시란 무엇인가'에 대한 답이다. 노래하는 대상이 달라지고, 뒤죽박죽이 된 세계에 간섭하면서도 자신의 시가 지탱하는 중심축은 바로 이것이라 한다. 그는 독자들에게 자신의 시집에서 시인을 읽지 말고 제발 시를 읽어주기를 부탁한다. 독자들이 자신의 시를 읽으면서 처음 시단에 섰던 열렬한 청년이었던 자신을 만날 것을 기대한다. 이것이 진정한 그의 삶의 얼룩이며 삶의 무늬이기 때문이다.

'호랑이의 날개'라는 의미를 담고 있는 '인한寅翰'이라는 이름은 습작기 시절 이런 이미지들이 좋아 직접 지은 것이다. 부드러운 외관상의 이미지를 강인한 시로 표현하기 위해서였을까. 실제 그의 시는 "한 시대의 능욕 당한 얼굴"「겨울 · 1982년」과 "동학난리 때 칼 맞아 죽은 남편"「할멈의 눈」을 그리워하는 여자 등 우리의 모순된 사회 현실을 직시하는 시편이 적지 않다.

시집 『입술』(시학, 2009)에 들어 있는 이 시는 우리의 모습을 샌 바람에 상처 입고 바람 속에 서서 아우성치는 가로수에 투사하고 있다. 이 시에는 잃어버린 기억들을 되찾고자 나뭇잎을 파닥이는 풍경과 길바닥에 널려 부스럭거리는 "창백한 별빛"의 기억들을 이제 그리워하지 않겠노라고 다짐하는 풍경이 나란히 놓여 있다. 가로수가 눈을 틔우고 잎을 피우며 춤추는 것은 할 말이 많아서이기도 하지만 "진보와 개혁 그 허깨비 같은 잔가지의 기억"을 잊어야 한다는 몸부림이기도 하다. 이 시는 결국 진보적인 사람들의 희망과 아픔을 파닥거리는 나뭇잎으로 보여주고 있는 것이 아닐까. 기억을 되찾으려 하거나 잊어야 한다며 수없이 파닥거리는 나뭇잎은 여전히 모순으로 뒤덮인 우리 사회의 모습을 돌아보게 한다.

한 시대의 풍경을 담아내는 시인의 눈빛은, 1966년 ≪동아일보≫신춘문예에 「1965」가 당선됐다가 사흘 뒤 취소 통지를 받던 그 날부터 시작된 것 아닐까. 전북대신문에 먼저 발표되었다는 이유로 취소됐던 이 시는 고교 1년 선배가 재학 중 월남전 맹호부대 병사로 참전하게 된 것을 쓴 작품이었는데 그와 같은 월남전을 소재로 쓴 시, 「대운동회의 만세 소리」가 이듬해인 1967년 ≪조선일보≫ 신춘문예에 당선되었다. 소년시절의 운동회, 월남전 참전, 고구려 시대까지 세 개의 시간을 직조한 이야기를 하는 동안 그는 이미 그 시절 청년의 모습이 되어 있었다.

시에 푹 빠져 지내는 시인의 모습은 ≪푸른 시의 방≫이라는 인터넷 카페에서도 볼 수 있다. 2002년에 문을 연 이후 올해로 꼭 10년을 맞는다. 그는 카페를 통해 공연히 소통이 되지 않는 무잡한 시, 공소한 시 등이 넘쳐나는 요즘에 제대로 된 시, 올바른 시, 참다운 시를 후배 시인들이나 시인 지망생들에게 가르쳐주고 싶어서 스스로 참다운 시를 찾아 필사하고 '좋은 시 읽기'에 올리며 독자들과 만난다. 여기에 바치는 시간이 매일 3~5시간 이상이 걸릴 정도라고 한다. 현재 그가 올린 '좋은 시'들은 줄잡아 5천 편이 넘는다. 아마도 이 카페의 '비평/에세이' 코너와 '좋은 시 읽기'만 잘 이용해도 대학의 문예창작과 수업 이상의 훌륭한 성과를 거둘 수 있으리라 자부한다는 시인의 말에서 시를 가려 읽는 밝은 눈과 시에 들이는 열정을 엿보았다.

　그는 고교 시절 신석정 시인으로부터 "시인은 우선 인간이어야 한다"는 가르침을 받았고, 신춘문예의 선자였던 김수영 시인으로부터 '긴장의 시학'을 전수받았다. 또한 형식주의 비평가 김종길로부터 시론을 익혔다고 한다. "지금도 신석정, 김수영 두 분 시인을 내 시정신의 스승으로 흠모하는 동시에 김종길 시인을 시론의 은사님으로 마음속에 깊이 모시고 있다"「끝없는 도전의 시절」는 시인의 고백에서도 알 수 있다. "목숨을 걸고 문학 수업을 닦는 것이 결국 자기 구원의 길"「거울 속의 몇 가지 풍경」이라 했던가. 등단 40년을 넘긴 원로시인이라면 긴장이 풀릴 법도 한데 아직도 시인은 '목숨 걸고' 시를 쓴다. 시를 이야기하는 그가 내뿜는 형형한 눈빛은 어느새「대운동회의 만세 소리」를 쓰던 청년시절로 돌아가 있었다.

# 단풍

고성만

아랫방에 세든 긴 머리카락의 전투경찰 부인은 비 오
는 계절 내내 흐느꼈다 화장품인지 비누인지 냄새에 홀
려 주위를 맴돌던 어느 날 경찰의 손찌검 끝에 부풀어
오른 뺨을 감싸고 떠난 그녀의 빈 둥지에서 맡은 향기
어지러웠다 해서는 안 될 사랑에 빠지는 상상처럼 그날
엔 정말 죽을 수 있다고 나뭇잎에 써서 띄워 보냈다

흘러흘러 그 편지를 받아본 어떤 여자가 아주 슬픈
얼굴을 하고 찾아왔다 다가가지 않으려 노력하면 할수
록 점점 더 그녀의 치렁치렁한 머리카락에 휘감긴 나
는 병아리저럼 뽀얀 솜털이 난 가슴으로 뜨거운 피를
흘려 넣었다

노을이 곱게 물든 가을 저녁

수액 마르는 계곡을 울리던 피톨들의 울부짖음 알
것 같았다 입술모양 새겨진 사랑의 징표, 짐승의 피가
붉은 이유를

# 통증을 견디며 방목하는 슬픔들

누구에게나 다양한 빛깔의 슬픔이 있다. 내 보내려 할수록 "더욱 단단하고 아름다운 무늬"「슬픔의 빛깔」로 박혀 생의 목록을 만들어 가는 슬픔! 고성만(高成萬, 1963년생) 시인은 제 안에 슬픔을 키워내면서 슬픔의 무늬가 마른 삶을 촉촉이 적셔주고 있음을 보여준다. 시집 『슬픔을 사육하다』(천년의시작, 2008)는 이러한 슬픔의 실체들이 유년의 기억, 상상력의 공간과 만나 새로운 사유의 언덕으로 이어지면서 몽환적인 분위기를 형성한다. 은은하면서도 때로는 거칠게 "세상을 향하여 뛰쳐 나가"「소년들」는 '소년'은 "저녁노을과 아득한 강변 불 켜진 방"「물속의 종」을 그리워하고 "꽃들의 맑은 웃음"「야생화농장」을 기억하는 시인의 모습이기도 하다.

'소년'과 '소녀'가 밤을 새운 뒤 "휘발하고 남은 그리움"「소년과 소녀」의 흔적을 더듬는 낭만적 풍경도 시인의 마음 한 자락을 붙드는 순수한 배경이다. "설핏 드는 낮잠 속"에 찾아온 "어릴 적 친구"와 "마음씨 살가운 누이들"은 "아득히 멀어질수록 빛나는 옛 집"「따뜻한 오후」에서 뒹굴며 정을 나누던 풋풋한 사랑의 추억이다. 이 상상의 길에 상처를 덧대듯 포개

진 슬픔은 시인의 고향 전북 부안에 대한 기억으로 인하여 더욱 깊고 단단한 뿌리를 내린다. 겹겹의 슬픔은 벗겨도 벗겨도 늘 새 살이다. 슬픔의 마지막 한 겹마저도 혼魂이 깃들어 있음을 아는 시인이기에 '소년'의 가면을 쓰고도 삶의 깊은 내면을 읽어 낼 수 있으리라.

시「단풍」은 단풍의 붉은 이미지와 원초적 생명력을 일치시킴으로써 삶의 고통과 위안을 동시에 보여준다. 세 들어 사는 젊은 부부의 삶을 엿보는 화자는 남편의 "손찌검 끝에 부풀어 오른 뺨을 감싸고 떠난" 여자의 빈 둥지를 서성이며 그녀와 사랑에 빠지는 상상을 한다. '죽음'을 담보로 할 만큼 강렬한 사랑의 정신은 "다가가지 않으려 노력하면 할수록" 더욱 더 그녀의 "치렁치렁한 머리카락에 휘감"기게 되고 "뽀얀 솜털이 난 가슴"으로 "뜨거운 피를 흘려 넣"기에 이른다. 사랑의 감정은 화자에게 "수맥 마르는 계곡을 울리던 피톨들의 울부짖음"을 듣게 하고, 단풍의 붉은 기운 속에서 "입술모양 새겨진 사랑의 징표, 짐승의 피가 붉은 이유"를 알게 한다. 원초적 사랑에 물든 시간과 그 속에 담긴 어긋난 감정들이 용해되는 자리에 새로운 빛깔이 번져난 것이다.

고향의 여러 색채를 현실에서도 편하게 만날 수 있는 친숙한 이미지로 그리겠다는 시인. 유년의 창은 "밥상 집어던지는 아버지를 피해 부리나케 아랫집 마루를 두드리"「우물을 찾아서」는 동생과 나, "영영 망각으로의 여행/ 떠나게 된다는 사실"

「아버지는 모르실 게다」을 모르는 아버지와 "바람에 나뭇잎 지듯/ 떨어져 누운 어머니"「마른 꽃」의 삶을 그리움과 아픔으로 환하게 보여준다.

통증을 견디듯 슬픔을 방목하는 이유는 슬픔이야말로 진정한 "황금색 몰약 같은 꿈"「슬픔을 사육하다」을 낳을 수 있다는 믿음이 있기 때문이다. 시인은 "슬픈 영화가 아름답다는 사실을/ 깨달은 다음에야 자유"「엔딩크레딧이 올라가는 동안」를 알았다. 슬픔의 목록을 꼼꼼하게 작성하며 "세상의 모든 소녀들 태운 기차"「이름이 아름다운 마을」를 기다리고 있을 그의 모습은 그렇듯 생생하다.

# 기타 치는 女子

고영서

텅 빈 내부의
저 기타는 오랫동안 울었다, 아니다
울지 않는다 나는
손가락을 퉁길 때마다 파닥거리던
쾌감의 운율조차 까마득히 잊어가며
간신히 벽에 기대어 있는 거다
오래된 집
오래된 옷
오래된 가구
그 오랜 것들의 들숨이 이루어 낸 소리를 밀고
적막이 나를 두드린다
때로, 저것들 마주하지 못하고 물구나무 서보면
잊었던 상처가 화끈 살아나
절망의 공동空洞을 퉁기게도 하지

이태 전, 자궁암을 앓을 때 빠져 나온
발아하지 못한 씨앗의 동공,
그는 사내아이였을까
뭉크의 절규 속을 저벅저벅 걷다가
들이댄 메스에 섬뜩 놀란… 이후로
줄이 끊긴 나의 기타는 다시 울린 적이 없다
다만 빈 거푸집의 저 기타,
수북이 쌓인 먼지라도 털어 줄까
완강하게 버티던 침묵을 베어내고
텅 비워버린 내부가 소리를 부른다
저 혼자 끓어올라 마악 터지기 직전의
핏빛 엘리지,
서쪽 창으로 붉새가 방안을 넘본다

# 상처가 변주하는 기타,<br>텅 빈 내면의 울음소리



고영서(高英瑞, 1969년생) 시인의 시는 보잘 것 없는 삶의 표정들과 낡은 이력 속에도 우리 삶의 소중한 가치가 있음을 보여준다. "잊는다 하면/ 선명하게 되살아나는/ 견딜 만큼 아픈" 「사랑」 시간들은 이제 시인이 기억하고 바라보는 풍경 속에서 한 장 한 장 인화되는 추억과 희망 같은 것이다. "수백 년 된 나무들"이 있는 제재소를 "나무들의 무덤"이 아닌 "환생을 기다리는" 「향림제재소」 희망의 공간으로 읽어내고, '혀'를 "축! 늘어진/ 해진 양말 한 짝" 「혀」에 비유하여 현대인의 지친 일상을 예리하게 포착하는 데에서도 사소한 일상에 대한 시인의 애정을 확인할 수 있다.

"방목할 수 없는 그리움" 「기린 울음」에 무작정 길어졌을 기린의 목을 바라보며 시인은 기쁨과 슬픔이 가득 차 그리움의 수위가 높아진 마음 안을 들여다본다. 그 넓은 마음의 내부에는 "서른 마지기 농사를 혼자 지으시는 어머니" 「고추모를 심던 날」와 지금은 하늘로 가고 안 계신 아버지, "꼽추 꼽추 놀려도 웃기만 하던 석봉이 아재" 「석봉이 아재의 꽃밭」의 기억이 한꺼번에 출렁인다.

“싸락싸락/ 싸락눈 쌓이는”「싸락눈」 집 앞을 쓸며 외로움을 달래는 죽동 할머니의 모습과 “스피커보다 먼저/ 울력 나오라던 만수아재 우렁찬 목소리”「울력」는 그녀가 잊지 못하는 전남 장성의 정겨운 풍경들이다. “제 무게를 견디지 못하고 툭-툭 부러지는 생목들의 비명”「강설기降雪記」마저도 절망을 비껴선 자리에서 희망을 듣게 한다.

오래된 기타의 텅 빈 내부를 보며 자궁암으로 아이를 지워야 했던 여자를 떠올리는「기타 치는 女子」에서도 건강한 삶의 숨결을 그리워하는 시인의 바람이 느껴진다. “손가락을 퉁길 때마다 파닥거리던/ 쾌감의 운율”이 사랑의 교감을 나누던 여자의 삶을 의미한다면, “줄이 끊긴 나의 기타”는 “절망의 공동空洞을 퉁기게”하는 상처만 남은 사랑이다. 거꾸로 선 기타의 모습에서 뭉크의 절규를 떠올리며, 메스에 놀란 이후 줄이 끊어진 기타를 다시 울린 적이 없는 여자는 완강하던 침묵을 베어내고 “텅 비워버린 내부”에서 나오는 “핏빛 엘리지”를 듣는다. 핏빛 울음은 텅 빈 기타의 고요 속에서 나는 소리이기에 더욱 붉고 진하게 번지는 것이리라. 삶의 고통과 절망은 붉새가 서쪽 하늘을 핏빛으로 물들이며 날아가듯 그렇게 승화된 것이다.

　기타 치는 여자의 아픈 사연을 담고 있는 시집『기린 울음』(삶이 보이는 창, 2007)은 우리 삶의 아물지 않은 상처에서 피어나는 아픔을 그려내고 있다. 타인의 울음을 들어 주는 데 익숙하지 않은 요즘, 시인은 가냘프고 미세한 음성에도 섣불리 눈 감은 적이 없다. "칠순 넘은 우리 동네 부식가게 할머니"「오치동 할미꽃」의 손맛을 금세 초록빛 웃음으로 보여주는 데서 그녀의 밝고 희망찬 시심詩心을 엿보게 된다.

　어렸을 때부터 무척 내성적인 성격인데다 말주변도 없어서 안으로만 묵히고 삭혔던 생각들이 글을 쓰게 했는지도 모른다며, 그녀는 어렵게 살아왔던 시간들을 떠올렸다. 술을 자주 드시며 가족들을 힘들게 했던 아버지에 대한 원망을 글로 마음껏 풀어 놓을 때면 뭔가 개운하다는 느낌이 들기도 했다. 예고에서 문예창작을, 예대에서 연극영화를 전공하며 많은 사람들을 만나면서, 그녀는 그들의 자유로운 사고방식에 신선한 충격을 받기도 했다. 졸업 후에는 ≪민족극운동협의회≫에 소속되어 산재 노동자들의 이야기나 흥부가를 재해석해 마당극으로 올리는 등 꾸준히 활동을 하다가 결혼 후에 모두 접었다고 말하는 그녀의 얼굴에는 아쉬움이 묻어났다.

　요즘은 먹고 사는 일에 바빠 일과를 마친 다음에야 겨우 책을 보고 글 쓰는 시간을 갖지만 그녀는 시간을 내서라도 가까운 공원을 산책하며 자신을 들여다본다. 여전히 여행 한 번 제대로 못 갔던 자신의 생활에 다소 지쳐 보이기도 했다. 하지만 그녀는 늘 시적인 감각이 살아 있다. "바람이나 쐬겠다고 잠깐 나선 저녁"「달빛 밝기」에 양 옆으로 즐비하게 늘어선 풍경들은 그녀의 "찌그러지고 헤진 세간"「자서」의 일부가 되어 소중한 이름으로 새겨질 것이다.

# 쪽빛문장

## - 오솔길의 몽상 10

고재종


연두 초록 눈 시린 산에 오르다
봄볕에 몸을 데우는 너덜겅의 꽃뱀을 보네,
온몸으로 기며 온몸으로 대지를 읽는
꽃뱀만이 짤 수 있는 그 화려 찬란한 등무늬.


사방에 무어라 무어라고 속삭이는
연두 초록의 전언은 무엇이랴,
새 중에서 가장 청량한 소리의 휘파람새야.
꽃 중에서 가장 앙증맞은 담자색 구슬붕이야.


나의 문장이 초록 바람의 향기를 맡고
골짝물의 쪽빛을 얻기까지는 언제랴 싶어


감았던 눈을 뜨니 철쭉 밭으로 드는, 저 꽃뱀!

싸리꽃 향기로 핀
생의 문장

고재종 시인(高在鍾, 1959년생)의 시는 숲에서 불어오는 바람처럼 시원하다. 시인이 성장한 담양 수북면 궁산리의 숲길과 저무는 들녘의 풍경은 여전히 그가 낱낱의 시어들로 끌어안는 추억이며 사랑이다. "내가 사랑하는 것은 모두 농촌에 있다"는 그의 소박하고 진실한 고백은 농민 시인으로서 그의 삶을 증언하는 방식이면서, 그것이 곧 자신이 시를 쓰게 된 이유임을 내비치는 말이기도 하다.

"저 논에서 피를 뽑다/ 피투성이 흙감탱이 몸으로/ 나를 낳고 낳는 어머니의 환한 품"「경전經典」에서 칭얼대던 시인은 어느덧 "전교생을 다 들이고도 남는"다는 담양 한재초등학교 교실, 그 교정의 느티나무를 기어올라 "이 지상에서의 마지막/ 저 외롭고 쓸쓸한 노역"「평정平正」의 현장을 바라본다. 시인의 말처럼 "봄이면 가지는 그 한번 덴 자리에/ 세상에서 가장 아름다운 상처를 터뜨"「첫사랑」리는 것일까. 마음의 낙엽을 쓸며 정신과 영혼의 안식처인 "청대밭"을 향하는 그의 시는 슬픔의 물렁한 뼈대를 단단히 세우고자 하는 정신적 위안의 시·공간을 그려낸 것이리라.

건강이 좋지 않아 농사를 그만두고 오래 전부터 시 창작에만 전념한 그는 2008년부터 ≪비타 포엠≫이라는 모임을 발족시켜, 시의 대중화와 생활화를 실천하며 침체되어 있는 지역문학의 저변을 확대하는 데 앞장서 왔다. "아무리 좋은 작품이 나와도 읽어주는 독자가 없으면 아무 소용이 없다. 일반 사람들과 함께 호흡할 때 문학은 진정한 힘을 발휘한다"는 것이 그의 생각이다. 문인들이 음악인들과 함께 뭉쳐 시를 노래하고 문학, 음악, 미술, 철학이 만나 모든 사람들이 함께 소통할 수 있는 길을 모색하고자 얼굴을 마주할 때, 그의 꿈도 가까워지는 것이 아니겠는가.

작지만 다부진 외모와 투박한 말씨 속에서 '벌때추니' 소년처럼 순수함이 흐른다. 더 늦기 전에 시골에 작은 작업실을 짓고 텃밭을 가꾸고 싶다는 그의 얼굴에서도 유년의 품을 그리워하는 소박한 웃음이 읽힌다.

부실한 건강 때문에 산에 다니다가 몽상을 하며 지었다는 「쪽빛 문장」은 15편의 연작 시편 중 하나로 시집 『쪽빛 문장』(문학사상사, 2004)에 실려 있다. 이 시에서는 그동안 시인이 웅

시했던 농촌의 잿빛 무늬들과 그 속에서 건강한 삶의 리듬을
회복하려는 겸손한 시선, 그리고 한층 심화되어 자연 속에서
자아의 고독한 내면을 돌아보고 그 속에 스며들고자 하는 욕
망을 보여주고 있다. 연두 초록이 물든 초여름, 오솔길을 걸으
면서 몽상을 하던 화자는 "온몸으로 기며 온몸으로 대지를 읽
는" 존재인 뱀의 화려한 등무늬를 본다.

　연두 초록의 전언이 궁금하여 휘파람새와 구슬붕이를 불러
들이고, 자신의 문장이 초록 바람의 향기를 맡고 "골짝물의
쪽빛"을 얻기를 소망한다. 몽상에서 깬 화자는 철쭉밭으로 기
어 들어가는 꽃뱀을 본다. 쪽빛 문장을 얻고 싶어 하는 시인의
소망이여! 자연과 소통하여 은유적으로 이끌어내는 상상력은
꽃뱀의 화려함과 철쭉의 붉은 이미지가 결합됨으로써 시적 화
자의 건강한 생명력과 성찰의 과정을 보여주고 있다.

　시인의 말처럼 "상처 없이는/ 생의 무늬를 찍"「무늬-오솔길
의 몽상8」을 수 없다. "지상의 눈물을 하늘의 별로 바꾸"「배접
의 시-오솔길의 몽상15」지 않고, "마음속 서러운 것을/ 지상의 어
떤 꽃부리와도/ 결코 바꾸지 않겠다는 너"「백련사 동백숲길에서」

〈2002년 소월시문학상 수상작〉와 상처의 길을 걸어보겠다는 다짐은 자연과의 교류 속에서 끊임없이 생의 원리를 탐구하는 시인의 진지한 사유를 들여다보게 한다.

시인은 오늘도 "싸리꽃 향기로 스쳐오"「말씀-오솔길의 몽상1」는 말씀을 들으며 오솔길을 걷고 있을 것이다. 자연과 하나 되는 그 고즈넉한 풍경들을 끌어안으며 지난 날 시인이 노래했던 "흐린 풍월의 늪 헤쳐/ 깨끗한 사랑 하나 닦아 세울/ 날랜 연인"「날랜 사랑」들을 부르고 있을 것이다.

나목<sup>裸木</sup>

– 아버지

김강호


오랫동안 침잠했던 초록빛 묵언들이
안거 마친 봄 무렵 살갗을 찢고 나가
참았던 속울음들을 가지에 펼쳐 놓았다


온 몸이 야위는 소리 가래 끓는 소리
불안한 어둠을 갈아엎던 소리까지
잎새에 돌돌 말아서 가을을 건너왔다


처절해서 차라리 아름다운 절망의 숲
투병의 마지막 숨결 눈발로 흩날려간 뒤
매섭게 눈을 부릅뜬 회초리만 남아 있다


무너진 세상에서 돌여다본 앙가슴
죄목이듯 새겨놓은 섬뜩한 나이테에
뜨겁게 떨군 눈물이 파문으로 번진다


57

# 흑백의 아버지,
## 야윈 그리움으로



　김강호(金剛虎, 1960년생) 시인이 나고 자란 전북 진안군 안천면 백화리는 그의 시심詩心이 싹튼 곳이다. "그리움 문턱쯤에// 고개를// 내밀고서// 뒤척이는 나를 보자// 흠칫 놀라// 돌아서"는, "눈물을 다 쏟아내고// 눈썹만 남은// 내 사랑"「초생달」의 기억들은 "가까운 듯/ 멀리 있는/ 기어이 닿을 수 없는"「안부」 저 너머의 그리움이면서 동시에 시인의 내면에 "가녀린/ 새 한 마리"로 파닥이고 있는 현재형의 시간들이다.

　겨울이면, 30리 길을 걸어 학교에 가야 하는 손자의 발이 시릴까 미리 부뚜막에 올려놓은 신발을 신겨주고, 따뜻한 조약돌을 주머니에 넣어주던 외할머니의 기억이 간절하다는 시인. "뱀 같이 꿈틀거리는 밭두렁 길 따라서/ 굽은 몸 뒤뚱거리며 기듯 가는"「어미 새」 어머니를 "청춘이 다 풀려 나가 주름만 남은 야윈 새"의 이미지에 겹쳐 놓으며 가없는 연민과 사랑을 보내는 시인. 올 해 짓는 인삼농사기 마지막이라며 온 정성을 쏟는 어머니 옆에서 시인은 오랜 투병생활을 하다 몇 년 전 하늘로 간 아버지의 빈자리를 본다.

　생전에 다하지 못한 효도에 대한 아쉬움으로 지었다는「나목」은 2008 이호우 시조문학상 신인상을 받은 작품으로, 시집 『아버지』(동학사, 2008)에 들어 있다. 시인은 아버지의 긴 투병 생활을 기억하며 그가 오래 누워 있던 요양원의 침상을 만져 본다. 비쩍 마른 아버지의 몸과 느릅나무 껍질 같은 살결을 나목의 이미지에 겹쳐 놓으며, 지금은 그 아픈 시간마저도 볼 수 없음에 안타까운 마음을 털어 놓는다. 시인은 오랫동안 삭혀 왔을 그의 슬픔이 이제는 마른 나무에 피는 꽃처럼 편안해지기를 소망한다. 불안하게 이어 온 호흡과 밤새 가래 끓는 소리들, 시간이 갈수록 점점 야위어 가는 모습을 시인은 모두 잎새에 돌돌 말아 그 해 가을 떠나보냈다.

처절한 기억이기에 차라리 아름다울 수 있다는 역설적 표현은 시인의 견고한 슬픔을 여실히 증언한다. 몸에 남은 흉터처럼 그의 종아리에는 눈 부릅뜬 회초리 자국만 선명하게 남아 있다. 시인의 눈에, 요양원에 누워있는 아버지는 "일흔다섯 살 수줍은 소년"「아버지」처럼 보였다. 그에게 아버지는 "넘치던 눈물샘도 말라 속울음만 우는 소년"으로 각인되면서 여전히 가슴 한 쪽 아린 기억들을 몰고 온다. 어릴 적, 여물을 써는 것이 서툴러 아버지의 손을 베었던 시인에게 아버지는 오히려 아들을 안심시키며 "조심하지 그랬냐?"는 한 마디를 남겼다고 한다. 좀처럼 화를 낸 기억이 없는 아버지에게 살아생전 여행을 못 보내드린 것이 아쉬움으로 남아 못 다 한 효도의 마음들을 시詩로 노래했다는 시인.

가난한 형편 때문에 미대 진학을 접어야 했던 그가 뒤늦게 잡은 펜은 스스로의 슬픔을 다독이고 그리움을 풀어내는 법을 알려준다. 어느덧 그의 눈빛은 중학교 졸업 후 목공일을 배우던 기억을 거스른다. 매일 저녁 열 시까지 야근을 하고 귀가하면 계란 두 개와 커피맛 봉지우유로 허기를 때웠었다. 운동을 하다 어깨를 다쳐 다시 학교를 다니게 되었지만, 그때 얻은 경험들은 시를 쓰는 단단한 토대가 되었다고 한다.

"나비 떼 무리지어 추사체로 날아"「진안 나들이」드는 유년의 골목에 "인삼 향에 묻혀 사는 아줌마"들의 수다와 당숙에게 배웠던 시조 한 가락, 동네 집들을 서리하던 기억들이 줄줄이 따라 나온다. 시인은 오늘도 늦게 잡은 펜으로 "죽어도/ 지워지지 않을/ 기억의 슬픈 삽화揷畵"「외할머니」 하나를 그리고 있을 것이다.

# 슬픈 귀향

김규성

대개는 객지에서 밀려난 백수들이
할 수 없이 피곤한 발길을 되돌리는 것이
이를테면 허울 좋은 귀향이다
내 고향은 영광 백수
나는 아직도 몸은 백리 밖에 묶어두고
영광스럽게도 그 이름만 백수로 돌아왔다
이 눈치 저 눈치에 지치면
아내가 하는 일거리를 거든다고 설치다가
걸핏하면 퉁사리를 먹기 일쑤였다
아내는 개띠고 나는 소위 호랑이인데도
백수의 왕이 그 모양이었다
그런데 지금은 그래도 어엿한 직장인
이름 하여 간병인이다 어머니가
사십구일 째 중환자실에 투숙 중이셔서

나는 아내도 누이도 조카들도 내쫓다시피
호랑이처럼 어머니 곁을 지킨다
행여 이 자리를 빼앗길까 두려워서이다
하여, 어머니가 한사코 오래 사셔야
나도 그만큼 떳떳이 자리보전할 터인데
어머니는 그도 모른 채 코만 곯고 계시고
내 고향은 눈물 캄캄한 백수이다

# 쓸쓸하게 부르는
## 귀거래사 歸去來辭

　　"가난에 세 들어 사는 고향" 전남 영광군 백수읍 구수리는
"칠산바다가 온통 술도가인 듯 남녀노소 가릴 것 없이 술고래
였"「법성포」다고 한다. 그 중에서도 김규성(金奎成, 1950년생) 시
인의 아버지는 단연 왕고래셨다. "여든 여덟 어머니가 끓여주
신 망둥어 국을 먹"으며 "평소 간간하던 간이 영"「망둥어 국」
싱거움을 느꼈던 날들은 "형 죽고 나서 지상에서 가장 낮은
음으로 이승과 저승의 경계를 웅얼이"「줄탁2」 하셨던 어머니
의 병상을 거쳐 적막한 슬픔과 만난다.

　　"퇴근 길 방문을 열고 들어"선 그는 "캄캄하고 춥고 너무
조용"「귀가」한 분위기에 휩싸인다. "피곤이 사무치고 굶주림
이 사무치고 빛바랜 꿈이 사무치"던 시간의 텃밭에는 이제 어
머니의 빈 병상과 가족의 부재가 드문드문 자란다. 이렇게 시
인의 시에서 우리는 그의 가족과 고향 이야기를 많이 만난다.
사회의 축소판이 가족이라고 했던 말이 떠오른다. 시인에게
가족은 있는 힘을 다해서 온전하게 꾸려감으로써 국가와 사
회에 기여하고자 하는 최소한의 도덕적 공간이자 살아가야 할
하루, 하루의 이유다. 어머니는 당연히 그 중심에 자리한다.

한편 고향은 그런 절박한 현실에 떼밀려 억압되고 상실해 온 안타까운 꿈의 은닉처인 것이다. 그리고 이제는 서서히 자신도 모르게 읊조리게 되는 생사동근生死同根의 우주적 자아를 향한 귀거래사의 악보이기도 하다.

『현대시학』(2010.1)에 발표한「슬픈 귀향」역시 몇 달 전 병상에서 보내 드린 어머니에 대한 사모곡에 실직 낙향을 빗대어 요즈음 우울한 사회적 현실을 알레고리로 더한 작품이다. 객지에서 밀려난 백수들이 할 수 없이 돌리는 피곤한 발걸음은 유년의 탯자리인 고향으로 향한다. 전남 영광이라는 고향과 '백수'라는 말 앞에 붙은 '영광스럽게'라는 수식은 '슬픔'과 '귀향'의 이미지와 연결되어 실직으로 인해 어쩔 수 없이 낙향하게 된 오늘의 현실을 넘어서고자 하는 시인의 심정과 만난다. 어머니의 간병인이었던 잠깐의 자리가 스스로에게 위안이자 아픈 가슴 쓸어내리는 기억이었음을 곱씹어 보는 자리에 촉촉한 눈물이 흐른다.

이 모든 슬픔을 끌고 그는 현재 전남 담양군 대덕면 용대리에 창작에만 전념할 수 있도록 아늑하고 조용한 집필 공간인

《글을 낳는 집》을 마련했다. 일상에 지친 작가들이 도심을 떠나 건강한 심신心身으로 좋은 작품을 낳는데 기여하고자 하는 소박한 소망에서 두려우면서도 들뜬 출발을 하게 되었다고 한다. 《문화예술위원회》에서 일부 후원을 받아 운영하는 이곳에서 그는 창작 공간이 필요한 작가들을 기다린다.

초등학교 때 백일장에서 장원을 한 솜씨를 인정받아 졸업식 답사를 직접 쓰기도 하면서 글쓰기에 대한 꿈을 키워 왔지만, 대가족을 웬만큼 이끌어 놓고 난 한참 후에야 다시 시를 가까이 할 수 있었던 시인. 그는 사람이 먼저이고 그 사람에게서 비로소 시가 태어나야 한다고 말한다. 최소한 사람과 시가 서로를 배반하지 않고 동반 상승하는 경지에서만이 진정한 작품이 빚어지는 게 아닐까. 깊고 넓고 따뜻한 동양적 정서로, 농밀한 주체적 체험과 사회적 성실이 녹아 흐르는 상상력을 그리고자 그는 오늘도 고민한다.

# 김밥 강론<sup>講論</sup>

김미승

펼치면 먹먹한 먼지 같은 하루라구요?
웬걸요, 그 위에 우북우북 쌓이는 생각의 알갱일랑
쫘악 펴버리세요, 이미 적당히 간 들어간
꿈들, 얌전히 엎드리는 굴욕도 아름답잖아요
참, 흑백의 논리는 설명이 안되겠네요
좀더 선명한 알리바이가 필요하세요?
들끓는 세상에 풀죽은 시금치, 그 퍼렇던 객기
기억하시죠? 본색 수상한 단무지와 등 기대는 거
보여요? 제 성질 못 버리는 얼굴 불콰한 햄이랑
얄팍한 변신이 뛰어난 계란의 찰떡궁합,
얼마나 힘치게 끌이당기고 있는지
그리고 다들 함께 이러구러 둥글게 말리는
저 속 꽉찬 생 말이에요,
날 잘 벼린 알량한 이성의 칼날 쓱쓱
가슴께를 베고 가면 어떡하냐구요?

그야 산다는 거 무늬 하나 만들어가는 일
어디를 베어낸들 선명한 알리바이라면야
무슨 대순가요, 모쪼록 요약되어지는 세상에서
뼈째 썰리는 황홀한 고통쯤 감내하셔야죠
잘 생각해보시도록.

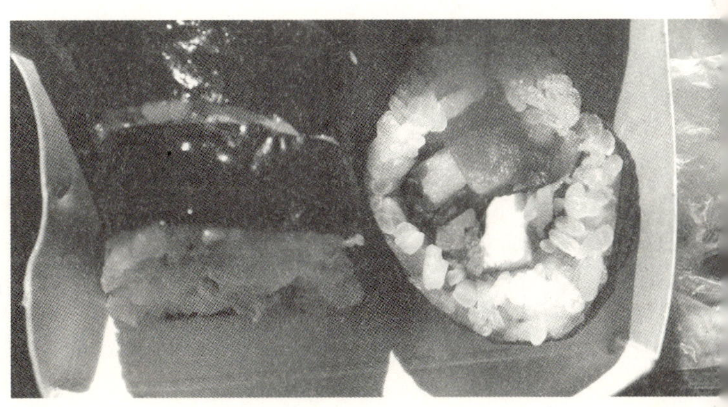

# 일상 속에 스며든 풍자의 무늬



"예측할 수 없는 세상의 온도에 더 많이 상하지 않는 법"「자반고등어의 노래」을 몸 다 내주고서야 비로소 알 것 같다는 김미승(金美昇, 1963년생) 시인. 그녀는 남루처럼 일렁이는 젖은 한지 같은 속살을 어루만지며 "늘 구부러진 길 저 쪽"을 응시한다. 제 몸 속 근원의 샘에서 퍼 올린 슬픈 언어들이 "크낙한 침묵"으로 남아 헐거워진 마음 구간을 지그시 품고 있다.

시인의 태어난 강진군 도암면 주작산은 "보리 한 솥에 쌀 한 줌/ 나실나실 가슴으로 뜸들이던"「나는 압력밥솥이로소이다」 검은 무쇠솥이다. 그 단단한 솥의 내부에는 "난파선 조각 같은 사남매 주작산 기슭에 박아두고"「고구마」 떠난 어머니의 뒷모습과 고구마를 "캐도 캐도 마르지 않고 주작산 만큼 부풀어 오른" 내 불안의 키를 재던 흔적이 뜨겁게 소용돌이친다. "불퉁 맞은 남편의 투정"을 "치맛폭으로 싸안고" 고스란히 폭우를 견디던 어머니를 둔 시인은 "비좁은 양품점 안"에서 엄마의 빈자리를 그리워하며 "디스플레이 된 엄마의 손님"이 되기를 꿈꾸던 유년을 잠시도 잊은 적이 없다.

"설익은 희망으로 끓어 넘치"다 자폭으로 질주하던 많은 날들을 껴안고 스스로 경종을 울리며 "슬픔의 압력"으로 생을 취사했던 시인. 주작산 만큼 수북한 상처와 황홀한 통증의 시간은 "빈속을 훑고 가는 소주처럼"「雨期」 자꾸만 힘겨운 실루엣을 드러냈다. 움직일 때마다 "와락 달려드는 색 바랜 가난"「소한 무렵」과 "방울방울 새고 있는 싱크대 수도꼭지"의 풍경은 끊임없이 삶의 하복부를 자극한다. 뜯기 좋게 잘 고아진 감자탕 속 뼈다귀들을 "구석구석 살뜰히 쪼아대면서" 고픈 속을 채우고, "유통 기한 없는 달디 단 농담을 위해"「딸기잼을 만들며」 딸기의 벌건 속살을 두드리는 모습은 헐거워진 생의 다짐을 단단하게 조이는 시인만의 독특한 전략이다.

시집 『네가 우는 소리를 들었다』(고요아침, 2007)에 담겨 있는 「김밥 강론講論」은 김밥이라는 소재와 삶의 양태를 긴밀하게 연결시키면서 삶의 비의悲意와 각박한 생의 면모를 해학과 풍자의 어조로 노래한 시다. 삶은 적당히 간 들여진 꿈들을 얼버무려서 얌전히 엎드리는 굴욕으로 비유된다. 들끓는 세상을 견디다 퍼렇던 객기도 꺾이고 쌓이는 생각의 알갱이들도 버무려진 채 본색이 수상하거나 성질 더러운 자, 이기적이고 얄팍한 변신이 뛰어난 기회주의자와 섞여서 둥글게 몸 말리는 것이 김밥 같은 우리 삶이라는 것이다. 한데 섞인 풍경들은 스스로 선명한 알리바이를 만들어 그 속으로 숨는다. 소소하고 보잘것없는 삶들이 모여 하나의 무늬를 만들고 그 모습들에서 서로 위로를 주고받으며 살아가는 희망과 위안의 시간은 결국 우리의 존재 의미를 단단하게 다지는 것이리라.

"저마다 제 몫 다한 저 남루"「하루치의 희망」의 당당함을 시인은 음식을 만드는 과정으로 보여준다. 내성적인 성격 덕분에 넋두리처럼, 한숨처럼 시를 쓰게 됐다지만, 그녀는 결코 가볍지 않은 무거운 삶을 풍자하는 재미있는 시를 쓰고 싶어 한다. 상쾌한 아침 공기를 마시며 깨끗이 손을 씻고 적당히 간 들여진 꿈들 좌악 펴서 "허술한 날들"을 한데 섞어 둥글게 말고 있을 그의 분주한 주방을 상상해 본다.

# 백련사 동백숲 3

김선태

백련사 동백숲은 대낮에도 어둡다. 이파리들은 햇빛을 받으러 위로만 위로만 올라가고, 나무 몸뚱이며 가지들은 헐벗어 적나라하다. 거기 서늘한 고요가 그늘을 친다. 상처를 스스로 치유할 줄 아는 동백들. 가지가 부러지고 잘릴 때마다 수액으로 둥그렇게 감싸고선 다시 길을 간다. 상처는 옹이가 져서 공처럼 둥글고 단단하다. 저 암처럼 깊은 상처 속 모진 세월의 무늬와 사랑이 있다. 옹이가 진 길은 삐틀삐틀하거나 울퉁불퉁하다. 가지들이 허공을 향해 수많은 길을 내고 길을 버린다. 무수한 길들이 서로 촘촘하게 만나고 헤어지는 가지의 끝. 그 길의 정점에서 비로소 피는 동백꽃을 보라. 잔설을 둘러쓴 채로 피어나는 저 상처의 꽃을 보라. 그 수만 송이의 꽃불들로, 생살을 찢고 나오는 열혈로, 추위 쟁쟁한 강진의 하늘 한쪽이 아직 뜨겁다.

# 상처가 꽃피는, 백련사 동백숲

세상에 상처 없는 숲이 있을까. 그 깊은 행간을 따라가다 보면 "질펀한 폐허의 뻘밭"「내 속에 파란만장」과, "온통 가슴이 아픈 바다"「새한도」, 그리고 "지치고 찢긴 희망처럼 날리는 눈보라"「둥근 것에 대한 성찰」를 만나게 된다. 상처는 그렇게 아픔과 슬픔을 동반하지만 깊어질수록 더욱 뜨겁게 닳아 오르는 생의 열망이 있어 새로운 이름을 갖게 되는 것인지도 모른다.

"세상 칼바람에 찔리고 베인 영혼"들이 "상처투성이로 절뚝이며"「백련사 동백숲1」 숨어들어 온 동백숲에서 김선태(金善泰, 1960년생) 시인은 "가지가 부러지는 세월"과 그 위로 사무치게 지나갔을 바람의 흔적을 본다. "제대로 몸뚱이가 성한 놈 하나"「백련사 동백숲2」 없는 동백숲에서 마음 상한 자들을 끌어안고 저마다 간직한 아픈 생의 내력을 들려주는 것은 서로의 상처를 보듬어 숲을 만들었던 사람들과 그 숲과 함께 자라온 시인의 독백이다.

상처투성이의 삶 속에서도 꽃이 피는 순간을 포착하는 이 시는 『동백숲에 길을 묻다』(세계사, 2003)에 실려 있다. 이 시는 상처가 고통의 흔적으로 남는 것이 아니라 뜨거운 생명의 기운을 움트게 하는 건강한 자양분이 되고 있음을 보여준다. 햇빛을 받지 못해서 헐벗은 몸이 적나라하게 드러난 나무는 "대낮에도 어두"울 수밖에 없는 한 겨울 동백숲의 분위기를 형성한다. 가지가 부러지고 잘리는 아픔을 '수액'으로 동그랗고 단단하게 옹이를 만들어 감싸고 "모진 세월의 무늬와 사랑"을 스스로 다독이며 성장하는 동백들. 그 속에는 수많은 가지들이 길을 내고 잘려 나가는, 아물지 않은 상처에서 끝내 꽃을 피워내는 강인한 생명력이 있다. 잔설의 차가움을 견디면서 생살을 찢고 나오는 열혈의 꽃들은 아직 겨울 기운이 감도는 시인의 고향 강진의 하늘 한쪽을 뜨겁게 달군다. 식지 않은 고향에 대한 그리움과 애정은 깊은 상처 속에서 더 붉게 타오르는 것이리라.

상처 속에서 피는 '꽃'은 "빛나는 정신의 이마를 들이대"「변산시편1」고, "눈부시게 살아서"「갈치 혹은 은장도」 파닥거린다. "그토록 지리멸렬했던 生"「갈치낚시 통신」이 썰물처럼 빠져나가고 간신히 환해진 마음 한 구석에는 다 씻겨 내려가지 못한 유년에 대한 미안함이 앙금처럼 남아 있다. 중학교 때 가족들 몰래 강진을 떠나 지금까지 귀가를 하지 않고 있다는 시인. "강진의 산하를 유장하게 끌어 모은"「백련사 동백숲4」『강진문화기행』(작가, 2006)은 고향에 대한 미안함과 그리움의 시간을 담고 있다.

가끔 강진을 찾을 때면 마음에 둔 여학생을 그리며 쓴 시 습작의 시간들과 시인의 꿈을 키워주었던 중학교 국어선생님이 생각난다고 한다. 그런 경험 때문인지 그는 학생들에게 시를 쓰려면 목숨을 건 지독한 연애부터 하라고 가르친다고 한다. 입가에 고인 수줍은 미소를 거두며 앞으로는 바닷가 출신답게 바닷가 풍경과 어우러진 어민들의 삶을 담아내고 싶다는 소박한 포부를 드러내는 시인. 이미 그의 마음은 "어느, 남쪽, 섬, 기슭"「마음의 거처」에 가 닿고 있을지도 모른다. 어둔 마음 밝힐 "홍시 같은 시"「紅柿 혹은 紅詩」를 쓰기 위해서 말이다.

# 아름다운 땀 냄새

김영재

지독하고 아름다운 땀 냄새 맡아보라
북한산 향로봉 밑 칼끝 같은 바위 길
절면서 산길 오르는 장애인 사내 뒤에서
사내는 절며 걷지만 세상을 딛고 오른다
땀 냄새는 쿠데타다, 골수에서 터진 순수
누군들 성한 다리로 온전히 걸어 왔는가

# 옛길에서 만나는 바람, 적막의 시 · 공간

"개망초 피었네요 돌아오세요 어머니 돌아와 나랑 함께 계란꽃 놀이해요 잠자리 콩눈 굴리며 까불까불 날지 않아요" 몇 해 전 어머니를 잃은 김영재(金永在, 1948년생) 시인이 그리움에 사무쳐 쓴 「콩눈」이라는 시다. 객지에서 어머니가 보고 싶어 울며 전화를 걸 때면, "외롭고/ 고단한 날들을 이겨내야 한다고"「어머니」 독하게 울지 않으셨던 어머니. "언제부턴가 고향이 객지로 변해"버리자 외롭게 늙으신 어머니를 그리워해야 했던 시간을 행간에 옮긴다.

그는 "어느 한 가지 내세울 것이 없어/ 지도책에도 빠져 있는/ 전남 승주군 송광면 월산리"「다시 월산리(月山里)에서」에서 태어났다. 자랑할 것이라고는 "우리나라에서 제일 물이 맑은/ 섬진강 상류/ 보성강이 합수合水되는 곳"이라는 것뿐이다. 바로 그 고향에 댐이 들어서자 고향사람들의 삶의 터전은 고스란히 물속에 잠겨버렸다. 그러나 시인의 기억 속에 남아 있는 고향은 여전히 유년의 추억과 어머니의 그림자가 어른거리는 곳이다. "어디 사는 누구냐고 따져 묻는다면/ 얼굴 돌리고 할 말을 잊어야" 하는 고향 사람들의 심정을 대변하듯 그는 고향 상실의 아픔을 오래 전부터 시로 노래해 왔다.

김영재 시인은 외롭고 고단하면 걷는 버릇이 있다. 걷는 일이 자신을 통제하고 규칙적으로 살게 하기 때문이다. 시를 쓸 때도 그는 손을 깨끗이 씻고 산길이나 시내를 걸으면서 속으로 중얼거리며 시를 음미한다. 그러다 버릇처럼 외우게 되면 옮겨 적을 정도이니 그의 시는 길에서 태어난 셈이다. 요즘 그는 어느 한 월간지에 「눈에 밟히는 옛길」을 연재하면서 걷는 즐거움에 빠져 있다. 이미 관광지가 된 옛길부터 우리의 기억 속에서 점점 멀어진 옛길에 이르기까지 그의 발길은 그립고 외로운 것들을 향해 늘 분주하다. 그는 옛길 답사를 하면서 이 땅에 태어나서 행복하고 고맙다고 한다.

눈 덮인 죽령 옛길, 한없이 굴러갔던 대관령 옛길, 어느 것 하나 눈에 밟히지 않는 풍경이 없다고 한다. 시인은 그 옛길에서 어머니를 그리워하고, 사람들의 맑은 눈빛을 만나고, 여러 편의 시를 낳았다. 그는 "외로우면 더 걸어라"고 했다. "내가 비에 섞인 것인지/ 비가 내게 스민 것인지" 모를 외로움이 가슴으로 파고들수록 그는 더 걸으라고 했다. "어두워지는 시간에, 더욱더 어두워지면서"「지워지는 슬픔」 길에 난 상처와 슬픔 마저도 결국 지워지는 것이 아니겠는가.

시집 『홍어』(책만드는집, 2010)에는 그동안 시인이 길에서 얻은 작품들이 시조의 정형양식으로 짜여져 오롯이 담겨 있다. 2006 이호우 시조문학상을 수상한 이 시는 고통스런 삶을 극복해가는 아름다운 풍경을 보여준다. "북한산 향로봉 및 칼끝 같은 바위 길"에서 만난 "절면서 산길 오르는 장애인 사내"에 게서 아름다운 땀 냄새를 맡는 시인. 불구의 다리로 산행하며 힘겨운 삶을 극복해 가는 모습은 시인에게 스스로 세상의 벽을 뚫어야 하는 쿠데타로 인식된다. "누군들 성한 다리로 온전히 걸어왔는가"라는 말은 성한 다리를 가진듯한 우리도 내면적으로는 성하지 못한 삶을 걸어왔음을 느끼게 한다.

"사람도 비탈을 닮아/ 직선으로 下山"「비틀대며 소백산을 내려와서」하지 못한다고 했다. 인간은 스스로에게 주어진 삶의 무게를 안고 끝없이 걸어가야 한다. 땀 냄새가 아름다울 수 있는 것은 열악한 상황에서도 주저앉지 않고 극복해가는 적극적이고 능동적인 자세를 땀방울을 통해 보여주기 때문이다. 역설적인 말이지만 우리는 단단해지기 위해 "우리 앞에 가로막는/ 절벽"「절벽」이 오히려 필요한지도 모른다. 그래서 시인은 오히려 "바람에게 뺨 맞고/ 쓰러져/ 기댈 수 있는/ 막막함" 순간을 기다리는 이웃들을 바라보며 길을 걷고 있는 것일까? "유연히 낭창거리지 못할 그 적막의 시간을"「외로우면 더 걸어라」두르고서 말이다.

# 강가에서 놀다

김유석

무거운 것들은 너무 쉽게 가라앉아버린다.
추락하듯, 몇 줄 파문에 몸을 맡겨
흐르는 물의 깊이를 얻으려하지만
물의 노래와 상처, 강물이 흘러가는 곳에 내리는 노을빛과
섞이지 못하는 스스로의 질감 때문에
바닥을 이루지 못하고 필경 휩쓸려버린다.

젖는다는 것……

저물녘,
외로 물목을 짚고 선 포플러 나뭇잎이 진다.
바람이 아닌 것이 젓는 허공은 고요하고 부드럽다
그늘을 내리듯
아뜩히 굽어보던 그 깊이로 내려
한철 그림자에 재운

눅눅한 땡볕과 사나운 물소리에 젖는 나뭇잎,
나뭇잎들이
소금쟁이처럼 물을 딛고 떠간다.

# 상처가 잠드는 저녁의 풍경 몇 개

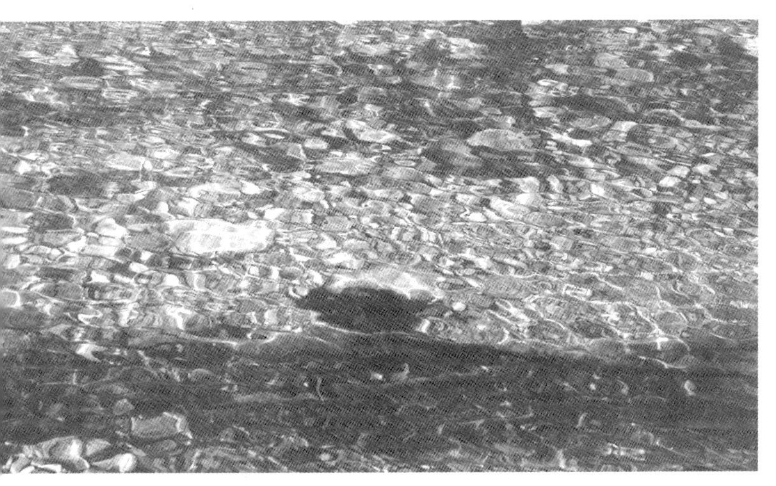

　　김유석(金流石, 1960년생, 본명: 김대성) 시인이 태어난 곳은 전북 김제 죽산竹山이다. 지금은 원평천이 물뱀처럼 질러가는 호남 평야 한가운데 지평선이 내린다는 벽골제 뒤편에 살고 있다. 학업으로 십여 년 떨어져 지낸 일 말고는 고향에서 멀어진 적이 없다는 시인. 한 마장 학교 길을 오가며 자연과 은밀한 눈빛을 주고받던 추억은 시간이 흐른 지금 그의 시 속에서 강과

바다, "삶은 고구마 같은 등성이"「소를 모는 노인」의 모습으로 얼굴을 내민다.

"수문을 잠궈도 점점 떠오르는 바닥"「가을강」에는 "무릎 꿇는 이 땅의 슬픔 몇 포기"와 "씹어도 씹어도 뜻이 되지 않는"「소」언어의 상처들이 납작하게 엎드려 있다. "아무도 가지고 놀지 않는 태양"과 "가시만 남은 물고기들", "지워낸 흔적이 있는 여백"은 한때 "먼 바다"에 닿고픈 젊은 날의 꿈이 상처로 남아 있었음을 말해준다. 민중시를 좋아했던 그에게 대학 시절 학보사 기자라는 직책은 긴장감이 감도는 수면 위에 "물풀 같은 파동"을 일으키기에 충분했다. 지금은 "수평선이 걸리는 다만 그쯤에 눈을 세우고 게처럼 옆걸음질"「철 지난 바닷가」치는 중년의 모습만 보여 줄 뿐이다.

"뒤집힌 게처럼 바둥거리는 바다"「태양은 가득히」를 건너 온 시인이 상처를 통해 뒤늦게 배운 것은 삶은 그 상처를 스스로 재우며 자연에 동화되어야 한다는 것이다. 시집『상처에 대하여』(현대시, 2005)에 들어 있는「강가에서 놀다」는 무거움과 가벼움의 경계에서 '젖는다는 것'의 의미를 찾게 한다. 무거운 것들은 몇 줄 파문에 몸을 맡겨 흐르는 물의 깊이를 얻으려 하지만, 스스로의 질량으로 인해 바닥을 이루지 못하고 휩쓸려 가버리고 만다. 반면, 가벼움을 상징하는 포플러 나뭇잎은 이미 눅눅한 땡볕과 물소리에 젖어 있어서 가라앉지 않고 물을 딛고 떠간다.

시인은 쉽게 가라앉아 버리고 마는 무거운 존재가 아니라 나뭇잎이나 소금쟁이처럼 가벼운 존재가 되어 강물을 둘러싼 풍경에 스며들고자 한다. 한때 세상과 섞이지 못했던 시인의 상처투성이의 삶은 오랜 세월 들어왔을 강물소리와 그 소리에 놀란 나뭇가지의 그늘로 인하여 치유의 시간을 얻었으리라. 무거운 상념이 가라 앉아버린 자리에서 시인은 가볍게 물 위에 몸을 싣고 흐르는 바람, 그리고 출렁거림이 건네주는 젖은 시간을 만나는 것이다.

이제 시인은 "깔깔한 삶의 하류"「강물이 흘러가는 마을」를 벗어나 "가라앉아 맑아지는 것들이 이루는" 마을 입구에 들어선다. 가장 먼저 그를 반기는 것은 "어머니 흰 고무신 같은 낮달만 고즈넉한 시냇가"에서 들려오는 빨래 방망이 소리이다.

"동그랗게 말린 아이들의 발"이 통통 튀는 공터를 지나며 "안과 밖이 맞닿는 저 완벽한 고요"를 이루는 순간을 바라본다. 그러나 여전히 "버리지 못한 것들"이 먼 불빛으로 깜빡이며 외로움의 함정에 빠져들게 한다. 이러한 함정이야 말로 더욱 단단한 삶의 뿌리를 내리게 하는 원동력이 아닐까.

중학교 국어 선생님의 서기를 핑계 삼아 자주 책을 접했던 경험이 문학의 꿈을 펴는 계기가 되었다는 시인. 이제 그는 농사를 짓고 살면서 시 속으로 자연스럽게 강과 바다, 농촌의 향기를 불어 넣는다. 시상이 한꺼번에 떠오를 때면 농번기에도 들일을 미루고 밤을 새워 시를 쓴다고 한다. 지친 삶을 재충전하기 위해 가끔 배를 띄워 낚시를 하는 것은 그의 유일한 취미이다. 오늘도 크고 작은 물줄기를 섭렵하며 살아있는 시어들을 낚고 있을 그의 밝은 표정을 떠올려 본다.

# 때죽꽃 질 무렵

### - 다산초당 가는 길

김재석


연등이 지지 않은 백련사
내 마음에 암약하고 있는
분노니 증오니 내려놓고
산길을 걷는다


내 발길 앞에
삶과 죽음이
자연의 한 조각 아니겠는가라며
투신하는 때죽꽃


떨어지는 꽃송이 받아내려
잠시 머뭇거리다가
이미 떨어진 꽃송이 피해
걷는다

자식에게 벼슬하지 마라던 다산과
주역에 맛들인 혜장은
이 산길을 주고받으며
무얼 내려놓았을까

여전히
내 발길이 무거운 것은
내려놓아야 할 것이
아직 남아 있기 때문인가

# 맨발의 때죽꽃,
## 동백꽃의 표정들

"선생님 시는 언제 교과서에 실리나요?" 김재석(金在碩, 1955
년생) 시인이 시집을 낼 때마다 학생들에게 자주 받는 질문이
다. 그는 목포의 한 고등학교 영어교사다. 지금까지 아이들을
가르치는 일과 글 쓰는 일 두 가지를 병행하면서 그는 등단 20
년 만에 총 10여 권의 시집을 냈다. 동시대의 사람들은 비슷한
이미지와 상상력을 공유하는데, 그대로 쌓아두었다가는 이미

지의 원조가 바뀔 것 같아 시가 쌓이면 곧바로 시집을 묶는다고 한다.

천체에 관한 시조를 묶은 『별들의 사원』을 비롯해 역사에 관한 시들을 담은 『별들을 흐린다고 저 달을 참수하면』, 야생화를 그린 『큰개불알풀』 등 그의 시집은 하나의 주제로 묶여 있다. 무슨 일에 매달리면 끝장을 보는 그의 성격이 시집에 그대로 묻어난다. 그의 시 「때죽꽃 질 무렵」이 실린 시집 『강진』(문학들, 2010)은 유년의 오솔길과 갯벌, 백련사 동백 숲길이 우거진 강진의 풍경을 담고 있다.

지난 2009년 노무현 전 대통령이 서거한 날 백련사에서 다산초당으로 가는 산길을 넘으며 영감을 얻은 시라고 한다. 분노며 증오를 내려놓고 넘어가는 산길, 시인에게 때죽꽃은 노무현 전 대통령에 대한 은유이다. 삶과 죽음은 자연의 한 조각이다. 삶이 그렇듯 죽음도 역시 자연의 이치다. "개체로서의 삶을 벗어나 전체로서의 자연의 운명에 순응할 수 있는 것이 죽음이다"라고 말한 장자처럼 삶과 죽음은 경계가 없다. 때죽꽃 송이를 피해 걸으며 자식에게 벼슬하지 말라고 했던 다산과, 주역에 맛들인 혜장은 이 산길을 넘으며 무엇을 내려놓았을까 생각한다. 그러나 시인의 발길이 여전히 무거운 까닭은 아직 비우지 못한 마음이 남아 있어 부끄럽기 때문이다.

2년 전, 『내 마음의 적소, 동암』에서 강진의 돌담과 오솔길을 노래하고도, 또 시집을 통해 강진을 찾은 까닭은 강진이 그의 삶의 원형이자 상상력의 보고이기 때문이다. 강진에 대한 그의 애착은 "내가 누구한테 시 안 배웠어도/ 욕먹지 않을 정도로/ 시를 쓸 줄 아는 것은/ 강진이 낳은 김영랑 때문이지"「웃음엣소리」라는 말 속에서 확인할 수 있다. 시인이 나고 자란 강진군 강진읍 동성리에는 유년시절의 장난기 어린 시인의 모습이 새록새록 숨 쉬고 있다. 중학교 시절 친구들과 함께 호떡을 훔쳐 먹다 하꼬방 주인에게 혼났던 기억「미망3」 공부도 안 하고 아이스크림 장사를 한다고 어머니에게 맞았던 회초리 자국「미망2」, 어머니 몰래 갓 낳은 달걀을 먹어버렸던 그날의 비밀「미망1」들이 고스란히 살아 있는 곳이 바로 강진이다.

1980년 복학 후, 고향 강진에 내려가 무위도식하던 어느 날 이렇게 살아서는 안 되겠다는 생각에 추켜 든 것이 시였다고 한다. 물론 그해 봄날 모교의 강당에서 열렸던 시인들의 시낭송과 초청작가 강연이 시인의 마음을 움직이게 했다. "내가 바둑을/ 어느 정도 둘 줄 아는 것은/ 강진이 낳은 때문이지"「웃음엣소리」하며 은근히 강진에 대한 남다른 자부심을 드러내는 시인. "백련사 동백꽃이 얼굴 내밀었다"「백련사 동백숲에서 걸려온 전화」고 전해주던 고향 친구의 전화를 손꼽아 기다릴 때마다 동백꽃처럼 얼굴이 붉어지는 시인이 바로 그이다.

# 절집나무

김형미

나는 다시 이곳에 왔다
내 안의 서쪽에 있는 주목나무가
소 울음 같은 소리로 우는 곳
볕 좋은 길을 가는 순한 소처럼
오랜 세월 견뎌온 저 우직한 나무 곁에서
붉은 열매 달게 따먹으며
오후의 해가 이끄는 대로 지고 싶은 곳
내 우울한 삶을 내려놓고
비틀린 생의 역사와 함께 다시 썩어지고 싶은 곳
그리하여 꼭 한번은 재조명되고 싶은 곳
다시 살아서 이곳 정암사에 왔지만,
또다시 돌아나가는 길을 물어야만 하는 곳
그리고 살아가는 일들이 너무 힘들어도

막차가 오려면
살아서 천년, 죽어서 천년은 더 기다려야 하는 곳
마디진 소 울음소리로
침침한 서쪽을 향해 서럽게 목을 놓아야 하는 곳

# 울음 속에 들어앉은 견딤의 미학



　　김형미(金炯美, 1978년생) 시인이 나고 자란 곳은 전북 부안 하서면 청호리 노곡마을이다. 흙을 밟을 수 없는 도시의 삭막한 콘크리트가 싫어 고향에 눌러앉았다고 말하지만, 사실 그녀가 고향에 남은 이유는 따로 있다고 한다. 자연과 대화할 수 있는 이 공간이 마냥 좋기 때문이다. 도시에서는 꿈도 꿀 수 없는 일이다. 또 모든 것은 나 자신으로부터, 고향으로부터 시작되어야 한다는 믿음이 시인에게는 있다. 자신을 들여다보지 않은 채 고향을 잃고 살아간다는 것은 뿌리 없이 부유하는 뜬구름 같다는 것이다.

　　대학 졸업 후 잠시 '뜬구름'으로 살았던 때를 돌아보면 견딜 수 없으리만치 무서운, 무엇으로도 채워지지 않는 '허기와 고독'의 시간이 그녀를 따라온다고 한다. "내 고독에는 귀기가 서려"있는지 "죽은 사람이 산 사람처럼 다가와/ 어서 집에 가자고"「고독」 졸랐다. 자신을 잊고 살다 고향에 돌아와 생애 처음으로 자신과 직면하게 되었다는 시인. 꽤 긴 시간 '나'와 함께 있으면서 자신과 맺어 온 모든 인연에 관해 이해하고 화해하면서 그간 멀어졌던 자신과 친해질 수 있었다고 한다.

시인은 문학이 결코 음지에서 편협한 생각과 습한 기운을 먹고 자라는 나무만은 아니라는 걸 이때 알았다고 한다. 얼마든지 밝은 마음으로 폭넓은 대자연의 심장부와 나를 연결해 숨 쉬게 할 수 있다는 것을. 고향의 툇마루에 누워 있으면 "이 세상에 사람이 견디지 못할 일이란 아무것도"「내 잔등 속의 악기」 없을 것 같다. 나면서부터 외딴집에서 살아서인지 시인은 말을 배우면서부터 집 뒤의 복숭아나무나 키우던 개와 집 입구의 굵은 적송 등을 벗 삼아 대화를 하며 지냈다. 그녀에게 고향은 상상력을 키워 준 텃밭이기도 하다.

시집 『산 밖의 산으로 가는 길』(문학의 전당, 2010)에 담긴 「절집나무」는 죽어서도 반드시 찾아가야 하는 곳이 고향이며, 모든 실마리는 고향으로부터 비롯된다는 인식의 한 장면을 보여 준다. 우울하고 어둑한 삶의 뿌리가 있는 곳이지만 고향에서라면 오랜 세월 견뎌온 우직한 나무의 힘으로 또 한 번 견디고 싶은 것이다. 시인에게 삶과 죽음은 한 갈래의 길이다. "붉은 열매 달게 따먹"던 화려한 순간과 "비틀린 생의 역사"가 시인의 온몸을 자극하며 통증을 유발한다. 여전히 살아가는 일은 힘들지만, 서쪽을 향해 목 놓아 울며 기다리겠다는 것은 그만큼 무거운 짐을 피안의 세계에 내주지 않고 견디겠다는 것이다. 시인에게 삶은 오래 기다리는 것이며 견디는 것이다. 그 견딤의 미학이 내뿜는 향기와 다부진 생명력은 고향으로부터 나온다.

꿈속에서 받은 시제를 가지고 쓴 「알균」이라는 시에는 고향에 돌아왔으니 '알'이 되어 보아야 한다는 이야기가 담겨 있다. 북한말로 '동그란 세균'이란 뜻을 갖고 있는 이 말을 시인은 철저하게 알이 되어 '나를 알아가야 하는 때'라는 의미로 받아들인다. 아무것도 없는 곳에서 삶은 시작되는 것이다. 그녀는 취미로 국악을 한다. 국악만큼 가슴 깊은 곳에 고여 있는 심연의 파동을 일으켜 깨운 것은 없다고 보기 때문이다. 요즘은 자신만의 호흡법을 익히는 중이라 한다. 앞으로도 잠재된 '나'를 깨우는 데 힘이 될 수 있는 시를 쓰고 싶단다. 그녀가 무척 사랑하는 「아리랑」처럼 쉽지만 울림이 큰 그런 시, 바닥에서부터 우러나오는 힘으로 부르는 '아리랑' 같은 시, '아리랑'의 파동으로 독자들을 흔드는 시를 쓰겠다던 그녀의 말이 귓가에 쟁쟁하다.

# 사랑의 화학반응

김희수

네 짧은 기쁨과
내 긴 슬픔이 서로 만나면
내 슬픔의 무게 반쯤 가벼워지고
네 기쁨의 늪이 더욱 솟으리라.


때로 내 눈물과 네 웃음이 마주쳐
긴 화학반응을 거쳐 발효되고
서로의 실핏줄까지 스며 흐른다면
또 하나의 우람한 강을 이루리라


질산과 염산이 만나 왕수王水되듯
네 차운 비웃음과 내 빛나는 칭찬
내 사랑과 네 증오 하나 된다면
그 징그럽던 한세월도 단숨에 녹으리라

아아, 50년도 더 발가벗겨져
능욕처럼 부끄러운 산천,
때로 당나귀와 야생마가 뽀드득 붙어
노새되듯 네 푸른 그리움과
내 노오란 기다림 섞어
눈부신 초록 된다면.

# 어느 흙투성이 시의 아픈 노래



　김희수(金喜洙, 1949년생) 시인은 토속적 빛깔의 언어를 통해 농촌의 정서와 민중의 애환을 그리며, 분열된 삶들의 화합을 꿈꾼다. 슬픔 한 줄의 시간은 백두산 "기슭에서 짠바람을 우는 애비없는 자식"「등등, 그리움에 떨면서」을 걱정하고, "금남로 가득한 사람의 바다"「내 마음의 오월」를 못 잊어 "소주로 통곡하"는 아스팔트의 기억에서 출발한다. 시인은 "눈물 닦아주는 하맑은 바람"「바람에게」으로 떠돌며 우리 삶의 기저에 깔려 있는 아픈 기억을 어루만진다.

　"대바람 소리 소슬한" 시인의 고향 담양 강쟁리에는 "허물어진 빈 집 닭똥 널린 다듬잇돌 밑/ 퍼렇게 날선 그리움이 살고 있다."「대칼」 그 "쑥물 짙은 그리움"「내 무슨 재주로」 속에는 "농약치다 다 못 살고 죽은 영감"의 한恨과 "살가운 눈빛 오목가슴에 꼬챙이로 박혀/ 뜬 눈 부석부석 하얗게 밝힌다는 윗집 할매"「대설 이후」의 삶이 출렁인다.

　봄날 "고약한 역병을 앓듯 숨죽은 마을 앞"「고향의 근황」에는 "적막 대낮을 헤살짓던 수탉"도 없고 "노란 웃음 헤픈 장다리꽃"도 사라지고 없다. "그믐달의 속살까지 지며 놓던" 그리운 다듬이 소리도 섬돌 대신 짓밟혀 해맑던 얼굴이 흙투성이가 되었다. 이렇게 시인은 날로 피폐해지고 해체되어 가는 농촌의 암담한 풍경과 서구문화에 굴절되고 훼손된 우리의 전통 정신에 대한 홀대를 안타깝게 바라본다.

좋지 않은 건강과 벼농사를 위해 대부분의 시간을 담양에서 보내는 시인. "아홉 자식 낳으시다" 이빨 다 바스러지고, "유학 높은 시아버지의 긴 담뱃대 밑에/ 오금 한번 못 펴시던" 노모는 마루에 앉아 그런 아들을 바라보는 것으로 하루를 보낸다. "담양 대바구니/ 목숨으로 이시"「어머니의 삶」며 9남매 중 장남으로 태어난 시인을 가르쳤던 어머니에게 그는 여전히 "무등산도 쩌렁쩌렁 울리고/ 영산강도 질펀질펀 퍼올리는/ 어머님의 가장 소중한 아들"「재수생 편지」이다.

시집 『사랑의 화학반응』(시와사람, 1998)에 들어 있는 이 시에는 분열된 것들이 사랑으로 하나가 되기를 꿈꾸는 시인의 진솔한 바람이 절절하게 녹아 있다. 그는 서로를 밀어내고 있는 '기쁨'과 '슬픔', '웃음'과 '눈물', '사랑'과 '증오'의 감정들이 화학반응을 거쳐 발효되어 서로의 체내를 적시며 강물로 이어지기를 바란다. 남과 북, 동과 서의 화합은 결국 씨와 날의 얽힌 감정을 푸는 일이며 훼손된 민족의 전통성과 농촌 공동체의 정신을 복원하는 일이다. "징그럽던 한 세월"의 흔적은 사랑의 화학반응을 거쳐 단단하게 여물어 가는 것이리라.

"영혼이란/ 때로 슬픔의 손수건으로 닦지 않으면/ 후미진 귀퉁이마다/ 퍼런 곰팡이가 피어 썩는"「봄비」 법이다. 다 떠나고 홀로 남은 방에 앉아 시인은 "탯자리 야물지게 보듬고 사는/ 대쪽 같은 고집 하나"와 "백제 같은 노여움 하나"「대칼」를 세우고 매일 매일 눈 감지 못한 영혼들을 돌아본다. 도청 별관에서 하늘로 간 친구의 붉은 등을 보며 화약 내음 피비린내로 역겹던 오후의 풍경을 시로 노래한 시인. 고도의 메타포를 동반한 비유시나 유행가의 빠른 랩처럼 소통이 어려운 시보다는 눈앞의 삶에 대한 온기로 소통해 온 시인의 숨결이 따뜻하다. 김소월의 「진달래꽃」을 만나 키웠다는 시인의 꿈은 이렇게 가슴에 맺힌 응어리를 풀어주면서 더욱 더 의연하고 당당해진다. 현실이 주는 무수한 상처를 시 창작을 통해 치유하는 시인의 손길이 오늘도 그늘에 숨은 아픈 영혼을 다독인다.

# 채석강을 읽다

나혜경


차곡차곡 쌓아놓기만 했지 한 권도 빼주지 않는
저 수만 권의 전집
한 권 슬쩍 하려다가 열 손가락 손톱 다 빠져버릴라


천년만년 정박 중인 비릿함과 무르익은 놀빛과 재탕
삼탕 글 읽는 바다의 소리로 엮었다니
그 이력이 참 새까맣다


좀약 한 알 쓰지 않고 멀쩡한
비 맞아 젖어도 못쓰게 된 적 없는
파도 떼의 몰매에도 무너진 적 없는


정정한 틈새 각주인 듯 삐죽, 풀꽃 한 송이 달려 있다

요철凹凸이 있어 점자책 같기도 하고,

그럼 마음 끝으로 더듬어 읽기라도 했단 말인가
펴보지 않고도 저 책더미 앞에서 시구를 받아쓰는 사람
여럿 보았다

# 상처를 어루만지는 또 하나의 상처, 그 쓸쓸한 기억



나혜경(羅惠敬, 1964년생) 시인의 시에는 유년의 텃밭인 전북 김제군 용동리의 골목과 지적장애 학생들과의 일상이 따뜻하게 담겨 있다. 그녀는 지적장애 특수학교 보건교사로 근무하고 있다. "이름도 못 쓰고 주소도 모르는 학생들을/ 어떻게 가르쳐야 하나"「고백」 아득했던 학생들에게 지금은 오히려 배우고 있다는 그녀의 말에 감동이 밀려왔다. "비 오는 날 우산 접고 진흙탕을 가로질러 가는 아이"「아름다운 불구」에게서 낭만주의의 원형을 보고, 처음 만나는 사람들에게 앞뒤 재지 않고 다가가 인사하는 모습에서 열린 마음을 읽고, 시계를 보지 않고도 시간을 정확히 말하는 아이에게서 천재성을 발견한다는 시인. 그렇게 온몸으로 자신을 가르치는 학생들에게 그녀는 늘 공부하는 학생이다.

어릴 적, 안방에 있던 아버지의 책장은 그녀에게 유일한 보물창고였다. 아버지의 일기, 사진, 집 설계도, 잘 정돈된 필기도구 중에서도 일기와 메모는 읽고 또 읽었다. 그래서인지 글씨체도 아버지를 닮았다고 한다. 지금 생각해보면 자신의 시의 뿌리는 친정아버지에게 닿아 있는 것 같다. 그녀에게는 마당이 있는 아담한 집에 살면서 온갖 나무와 꽃으로 집 둘레를 가꾸고 시를 쓰면서 살고 싶은 소박한 꿈이 있다. "보이지 않아도 만져지는"「딱지」 시를 쓰면서 가슴에 남은 상처까지도 어루만져주는 삶을 살고 싶은 것이다. 그래서 그녀가 오래도록 고향의 풍경과 지적장애 학생들을 품에 안고 있는지도 모른다.

그녀를 따라 고창 선운사 무장 들판을 지나다가 나이 들어 싱싱한 잎과 병든 잎을 구별하지 못하고 머우 잎을 뜯어주는 늙은 어머니의 침침한 눈빛을 만났다. "어머니 머우 한 잎 뜯고/ 나 머우 한 잎 버리"「무장무애」던 기억이 생생하게 따라온다. "실금 가고 틈 보이는 자식들 뒤치다꺼리를"「살대」하다 등이 휜 어머니를 불러 "세상에 내색 않는 아픈 허리"를 감싸주고 싶은 마음이 그렁그렁 맺힌다.

어릴 적 부안 변산에서 3-4년 살았을 때의 기억을 더듬어 쓴 시「채석강을 읽다」는 『담쟁이덩굴의 독법』(고요아침, 2010)에 담겨 있다. 겨울이면 여름보다 거세어지는 파도떼가 그녀의 집 귀퉁이들을 뜯어내던 날, 수평선에 걸린 무지개를 따라잡겠다고 가다가 채석강을 만났다. 채석강 무수한 책 더미 속에서 미처 책장 한 번 넘겨보지 못하고 시구를 받아쓰는 사람이 되어 있다는 생각에 이따금씩 볼이 붉어진다는 시인.

층층이 앉은 채석강의 돌은 시인의 상상 속에서 수만 권의 전집이 된다. 비릿한 살내와 무르익은 놀빛, 바다의 소리로 엮은 이력은 좀약 한 알 쓰지 않아도, 비 맞아 젖어도 무너진 적

없는 단단한 생을 증언한다. 그 틈새에서 삐져나온 풀꽃을 시인은 채석강을 부연 설명하는 각주에 비유한다. 더듬더듬 읽어가는 점자책처럼, 그저 마음 끝으로 읽을 수 있는 것은 보이지 않아도 만져지는 상처의 속과 같은 것이다. 시인은 상처 속에 길이 있음을 넌지시 알려주고 있는 것인지도 모른다.

그녀가 펜을 들 때는 "머릿속에서 꿈틀거리며 나가고 싶어 하는/ 놈을 풀어주고 싶"「꺼내다」을 때이다. 그녀는 잠시 후 "식은 밥상 같은 검은 집"「매미 집」을 바라본다. "쓸쓸히 시드는 그대 가슴까지 닿아야 할"「빗방울 발자국」 따뜻한 시를 쓰기 위해서 말이다.

# 육각<sup>六角</sup>의 방

나희덕

이 방 속에
나는 덜 익은 꿀처럼 담겨 있다.
문이 열리면 후루룩 흘러내릴 것처럼.

이 방 옆에
또 다른 방들이 붙어 있다는 게 마음 놓인다.
켜켜이 쌓인 육각六角의 방들,
고통이 들락거리며 매만지고 간다.

육각은 군집할 수 있는 최적의 각도,
이 방은 또한
고립할 수 있는 최적의 넓이를 지녔다.

내 어깨를 쏘았던 말벌,
그는 침을 잃었고

나는 방 속에 침을 삼키고 오래 앉아 있다.

땅 위에 으깨진 말벌집,
육각의 방들이 드러나고
방마다 애벌레가 꼬물거리고 있다.
검은 물결무늬를 지닌 한 세계가
출렁, 쏟아지면서 애벌레가 기어 나오기 시작했다.

꿀은 아직 익지 않았다.

# 고통을 잠재우는 치유의 시간들

나희덕(羅喜德, 1966년생) 시인이 광주에서 새 텃밭을 일군지도 벌써 10여 년이 되어간다. 그녀에게 광주의 첫인상은 치열한 삶의 현장에 꿋꿋하게 남아 역사를 증언하는 두렵고 부담 많은 곳이었다고 한다. 그러나 광주에서 그녀는 시간이 흐를수록 정겹고 따뜻한 도시의 이미지를 느꼈다. 이제 이곳은 그녀의 시와 삶에 중요한 의미를 갖게 해주는 공간으로 바뀌었다. "갈매빛 눈매는 싱글고 그윽하였으나/ 그 기억의 분화구를 들여다보기가 두려워/ 한 번도 가까이 가지 못했"「그는 먹구름 속에 들어 계셨다」다던 무등. 이제는 틈틈이 무등산에 올라 자신을 따뜻하게 품어 준 광주를 내려다보는 여유마저 생겼다.

정성스럽게 커피를 내려주고 단정하게 담아 온 과일을 건네며 시인은 습작기의 기억을 꺼낸다. 그녀는 오로지 혼자서 작품을 읽고 익히면서 자기만의 창작 훈련을 해왔다고 한다. 그녀가 처음 시와 인연을 맺은 것은 중3 때 백일장에 나가 입상을 하면서였다. 문예반 활동에 푹 빠져 지냈던 고등학교 시절에는 서점을 도서관처럼 다녔을 정도다. 1980년대에 대학에 입학하자 민주화를 외치는 목소리가 곳곳에서 자신의 귀를 자극했지만 그녀는 문학과 함께 보내는 시간을 택했다. 그래서인지 그녀는 그때 미처 "던지지 못한 그 돌/ 오래된 질문처럼 내 손에 박혀 있"「뜨거운 돌」는 것들이 늘 가슴에 부채로 남아 있다고 한다.

그녀는 시를 즉흥적으로 쓰는 경향이 못 된다. 제 안에 오래 묵혀둔 것들은 이미 스스로의 내적 구조를 갖추고 있어 자연스럽게 흘러나오는 경우가 많단다. 주로 '길과 숲'에서 배운 것들이다. 매일 학교에서 나와 학교 뒷산을 산책했던 청소년기의 경험이 자신으로 하여금 시를 쓰게 했다고 한다. 이렇게 자연에서 만난 것들을 마음에 담고 오랜 시간 발효시켜서인지 우리는 자연스럽게 그녀가 낳은 시에서 잘 여문 영혼의 소리를 듣게 되는 것이다.

"최적의 각도"와 "최적의 넓이"를 가진 육각의 방은 그동안 "출구를 찾지 못하고 계속 꿈틀거"「내부를 비추는 거울」려야만 했던 화자의 그동안 젖은 공간을 비춘다. "삶의 누수"처럼, "빈방의 침묵"처럼 "심장도 물방울을 닮아"「물방울 들」가는 것일까. 시인은 바늘이 되어 "하얀 무명의 장막 속으로/ 떨리는 몸을 밀어넣기"도 하고, 종이 되어 "더 이상 젖을 수 없을 때까지"「안개」 "엎질러진 물에 오래 누워 있"기도 한다. 언제가 "어깨를 쏘았던 말벌"의 기억으로 화자는 육각의 방에 오래 앉아 있다.

말벌이 지나간 자리에 남은 흉터 그리고 아팠던 기억 뒤편에 진정한 자신의 내면이 보인다. 꼬물거리는 애벌레의 생명력처럼 생의 열망은 "검은 물결무늬"의 지나간 후에야 만날 수 있는 것임을 시인은 알려준다. "지는 해를 품을 때"「와온臥溫에서」, 벼랑 위에서 누군가를 애타게 불러본 적 있을 때, 상처의 힘으로 다시 일어설 수 있다. 누수의 현장에 놓인 젖은 이름들을 부르며 그들을 두 팔로 끌어안고 있을 시인의 모습이 떠오른다.

# 물가죽 북

문 신

새벽, 저수지를 보면
끈 바짝 조여 놓은 북 같다


야트막한 언덕이 이 악물고 물가죽을 당기고 있어서
팽팽하다


간밤 물가죽에 내려앉은 소리들이 금방이라도 솟구쳐
오를 것 같다


낮고 빠르게 다가온 검은 새 한 마리
둥-
물가죽 북을 울리고 가는 동안


물가죽 북에 이는 파문은
무심결이다

물가죽 북이 울어
소리를 눌러두고 있던 반대편 하늘 가죽도
맞받아 운다

검은 새 한 마리 버드나무 가지에 앉아
그것들 번갈아가며 냉큼 받아먹는다

# 물살과 파문을 보듬는 강물의 시학

　　문신(文信, 1973년생)은 밝고 예리한 눈을 가진 시인이다. 그의 밝은 눈은 인적이 드문 골목과 복닥거리는 노점의 삶을 깊이 있게 바라본다. 큰 물 진 뒤 개울가에 나간 시인이 눈여겨본 것은 "어린 물고기들"이 물살에 휩쓸리지 않으려고 물풀을 꼭 물고 늘어지는 장면이다. 시인은 풀잎이 물고기의 마음을 읽고 거센 물살에 제 몸을 버텨주는 것을 간파한다. 또한

"깨진 유리조각"을 보고 나서야 깨어지기 전, 완벽한 컵 속에 무수한 날카로움이 있었음을 발견하고 놀라기도 한다.

이러한 발견은 주변을 둘러보지 않고 성급하게 달려 온 시간에 대한 반성적 성찰이 아닐까. 어딘가에 숨어 있는 세상의 따뜻함을 찾아내는 것이 즐겁다는 시인. 그는 요즘, 일부러 지나온 것들을 소재로 시를 쓴다. 옛 것을 닦고 닦다보면 그 속에서 미묘한 아름다움이 나온다. 시인은 계절마다 시간마다, 또 걸레질을 할 때마다 새로운 얼굴로 태어나는 고향집 마룻장 같은 그런 시를 꿈꾼다.

낯설고 신기한 모험은 영상이나 음악 등에서 잘하는 것이고, 모름지기 시는 스스로에게나 읽는 이들에게 자신의 속마음을 진솔하게 내비치면 된다는 것이다. 시간을 반추하며 추억을 떠올리게 하고 자신의 내면을 응시하게 하는 것이 시의 소임이리라. 그는 자신의 시가 잊고 있던 기억의 문을 열어 주는 열쇠가 되기를 바란다. 과거의 기억이야말로 그 사람이 살아온 자국이며 오늘의 존재 가치를 증명하기 때문이다.

시집 『물가죽 북』(애지, 2008)에 들어 있는 이 시는 쉽게 지나

치는 곳에서 얻는 시인만의 새로운 발견을 보게 한다. 한때 낚시를 즐기면서 저수지의 새벽 풍경을 담아냈다는 이 시는 저수지 수면을, 바짝 조인 가죽 북의 이미지로 그려냄으로써 자연의 생명력을 형상화한 상상력이 돋보인다. 야트막한 언덕이 이 악물고 물가죽을 당기듯 우리는 팽팽한 긴장감에 휩싸인 세상을 두드리며 살아간다.

북의 엷은 막 위로 지나가는 검은 새 한 마리는 북의 표면을 두드리며 실존을 증명한다. 물속에 비친 하늘 가죽 북이 맞받아 진동을 울리는 것을 검은 새 한 마리가 번갈아 가며 듣는다. 한 면을 두드리면 반대쪽 면이 마주 울리는 가죽 북처럼 삶의 너와 내가 하나가 되어 서로의 소리를 들어주고 되받아 전해주며 아름답게 가꾸는 것이다. 물가죽 북에 이는 무심결을 따라 퍼져가는 따뜻함이 독자의 가슴에도 울려 퍼진다.

이렇게 그는 일상적인 풍경을 차분하게 응시하다가도 밤길, "모퉁이에서/ 칼을 쥔 소년들을"「스윽, 지나간다」 만나 겁에 질리기도 하고, "번호표 받아놓은 것처럼"「아직은 아녀」 나란히 앉아 졸고 있는 장날 할머니들과 눈을 맞추기도 한다. "물 간

간판을 내걸"「남도횟집」고 장사를 하는 사내에게 맞장구를 쳐 주거나 허리에 동아줄을 묶고 유리창을 닦는 빨간 모자를 쓴 사내의 모습을 위태롭게 바라보기도 한다.

　시인은 많은 날들이 피고 저무는 과정에서 "분명 한 시절을 총총히 걸어왔을 각오들"「도배를 하다가」을 꼼꼼히 적는다. 이제 고층 아파트에 가려 보이지 않는, 기억조차도 흐릿한 여수시 쌍봉면 웅천리의 논밭길을 더듬어 추억한다. 대학 진학 이후 전주에서 살면서 유독 전라선을 많이 탔던 시인에게는 시골 사람들이 들고나던 간이역의 풍경과 열차에서 내려다보는 섬진강의 물주름이 희미하게 남아 있다. 속도를 얻으면서 잃어버린 마음의 위안을 시로 채우고 싶다는 시인. "빛바랜 배경으로 시무룩이 사라"져 가는 기억들을 보듬고 여름을 나고 있을 그가 보고 싶다.

# 문풍지

박두규

폭풍한설에 풍경소리마저 얼어붙은 겨울 산사에서
온 밤을 통째로 우는 건 문풍지뿐이다.
문의 틈새를 살고 있으나
사실은 안으로 들어가고 싶은 것이다.
솜이불이 깔린 따뜻한 아랫목에 몸을 누이고
바람 타는 생을 마감하고 싶은 것이다.
하지만 바람이 멈추고 울음을 그쳐도
문풍지는 문풍지,
안으로 들어갈 수가 없다.
차라리 바람에 온몸을 치떠는 것이,
몸부림치며 우는 것이, 살아있는 이승의 시간인 것을.
안이어서도 안 되고 밖이어서도 안 되는
안과 밖의 경계를 살아야 하는 문풍지.

# 홀로 우는 문풍지,
## 쓸쓸하게 떨리는 삶의 속살

　박두규(朴斗圭, 1956년생) 시인의 시는 쓸쓸하고 적막하다. 그는 어린 시절 고향을 떠나 혼자 줄곧 도시생활을 했기 때문일 것이라고 생각한다. 지금도 혼자 있는 시간이 가장 편한데 고독에 길들여진 그의 모습은 늘 말없이 혼자 있는 지리산과 가장 잘 어울렸다고 한다. 그의 시는 주로 지리산 자락에서 태어난다. 지리산 노고단이 있는 구례에서 30·40대를 보내는

동안 시인은 지리산 남부와 서북부의 능선과 계곡을 오르며 1950년 전후의 산사람들(빨치산)의 흔적을 찾아다녔다. 인간이 가진 쓸쓸함과 절망의 막장이 있다면 그들의 산생활 어디쯤이 아닐까 하는 생각 때문이었다.

이데올로기를 떠나 한 인간으로서 느꼈을 절망과 고뇌에 대해 깊이 공감하며 그런 심정을 지리산 연작시에 담기도 했다. "마셔도 마셔도 가시지 않는 갈증/ 삭여도 삭여도 되살아나는 분노에 취해/ …… 선생은 어디 가나 선생이고/ 전교조는 어디 있어도 전교조라고/ 내가 아픈 만큼 애들이 아프고/ 세상도 아픈 것이라고"「할머니 집」 노래했다. 그는 아직도 "내 하루를 산 것처럼/ 한 시대를 살았을 그대"를 그리워하며, "아직도 눈 덮인 능선이나/ 얼어붙은 골짜기의 어디쯤을/ 끝없이 떠돌며/ 쏟아지는 총소리를 듣"「지리산 5」는다.

그럴 때면 시인은 "창백한 그리움 하나로 달려온 세월"을 지친 다리로 걸어가며 달빛 받은 강줄기를 내려다본다. 그때마다 그는, 사는 동안 품어왔던 모든 것들은 내 것이 아니며 언젠가는 자연에 돌려줘야 할 것들임을 깨닫는다. 이렇게 시인은 지리산에서 얻은 기억을 풀어놓으며 자본주의의 안락함에 빠져 살아가는 우리의 삶이 잘못되었다는 문제의식을 갖는다.

길지 않은 시간이지만 시인은 유년기에 대한 또렷한 기억을 고향 연작시로 노래하기도 했다. 특히「고향2—순단이」에서 노래했던 순단이의 영상은 머릿속에서 지워지지 않는다고 한다. "순단이는 언제나 책보만 한 포대기로 갓난이를 업고 다녔는데 우리가 애기가 애기를 업고 간다고 놀려대도 순단이는 말없이 그늘만 찾아 딛고 잘도 다녔"었다. "우리가 순사 도둑놈 잡기를 하며 노는 밤에도 갓난이를 업고 혼자서 밤하늘의 별을 잘도 헤었"다. 시인은 "고향을 떠나 내가 지금껏 헤아린 별은/ 아직도 순단이의 별에 이르지 못했"을 것이라고 한다.

이렇게 시인은 적막하고 쓸쓸한 거처에 놓여 그늘진 삶의 내부를 들여다보며 인생의 의미를 되새긴다. 오래 전 산사에서 1년 정도 지내면서 썼다는 이 시「문풍지」는 시집『숲에 들다』(애지, 2008)에 담겨 있다. 온몸으로 온 마음으로 오직 '지금 여기'의 현실을 견뎌내는 것만이 가장 아름다운 생명이라는 존재에 대한 인식을 보여준 시다. 시인은 '안'과 '밖' 어느 곳에도 속하지 않는 '문의 틈새'에 낀 슬픈 삶을 '문풍지'로 은유한다. 경계에 놓인 삶들은 늘 따뜻한 아랫목을 욕망하지만, 바람이 멈추고 울음을 그치는 봄날이 와도 문풍지와 같이 소외된 삶들은 여전히 안으로 들어갈 수 없다. 가혹한 현실의 모습을 시사해 주면서 '안'과 '밖'의 경계를 견뎌야 하는 문풍지의 자리가 우리가 감싸 안아야 할 곳이라는 인식을 하게 한다.

고등학교 때 시동인 ≪글내≫를 결성한 것이 지금껏 시를 쓰게 했다는 시인. 그는 시를 통해 삶에 대한 대결의식을 품고 열정을 분출할 수 있었다. 오늘도 그는 지리산 능선을 따라 "정처 없는 것들의 거처"「숲에 들다」를 찾아 숲에 들고 있을 것이다.

# 낡아빠진 농사

박라연


눈물도 식량인데 헐값의 눈물들을 쌓아둘 곳간 궁리할
수밖에


다운증후군을 껴입고도 배우가 된 청년 강민휘, 배우로
사는 일이 행복해서 흘리던


절체절명의 갈비뼈에서만 순 트는 육체가 행복한 눈물
이라면


가장 추운 산에서만 길들여진 바위와 한솥밥 먹을 수
밖에


얼다가 녹고 녹다가 얼면서 내 눈물 자라 옹달샘만큼
저를 넓혀 용암처럼 끓다가


방울방울 무사히 흘러나와 빵을 굽고 차를 끓이고 추운
가슴 골고루 덥힐 수 있다면

# 눈물을 꺼내 읽는 사서함

　박라연(朴蘫娟, 1951년생) 시인의 "빛의 사서함"을 열자, "붉고 노란 웃음소리가 쏟아져 나왔다."「시인의 말」 "웃음소리를 만지자" 솟아오르는 수련은 시인에게 "고통만 들이닥치는 것이 인생이 아니라는" 것을 알려준다. 전남 보성군 명봉리에서 따뜻한 방 한 칸 없는 춥고 배고픈 유년을 보냈지만, 늘 꿈을 잃지 않는 자신이 자랑스럽고 좋았다는 그의 말 속에서 삶의 의지와 사랑의 알곡이 빼곡히 들어차 있음을 본다. 도시락을 못 싸서 굶는 날이 많았지만, 그 덕에 오랫동안 제 머리 둘레만한 허리길이를 유지할 수 있었다는 그녀가 홀로 다독여왔을 슬픔의 두께도 짐작해 본다.

　제 피붙이 같은 30년 지기 꽃들을 보는 재미에 흠뻑 빠져 전북 익산에 머문 시인. 여섯번째 시집 『빛의 사서함』(문학과지성사, 2009)에는 무려 8항아리나 되는 수련의 방에서 얻은 영감이 차곡차곡 쟁여져 있다. 테라스에 햇살이 들어오면 "온 세상의 햇빛을 수련네로/ 몰아주려는 듯/ 휘청, 물 한 채가 흔들"「빛의 사서함」리는 것 같다고 한다. 집안의 온갖 꽃의 향기를 맡으며 혼자 말을 걸 때마다 많은 사람에게 죄의식을 느꼈다는 그녀의 시들을 꺼내 본다. "끼니 걱정/ 집 걱정하는 이웃을 위해/ 간판 하나 내걸고 싶"「만개한 용기」은 마음이 행간에 가득하다.

새나 곤충처럼 허공이나 노지가 집이면 좋을 안타까운 사람들이 왜 제 곁에 많은지 모르겠다며, 그녀는 "가난과 인연이 깊은 팔자를 받고 왔나 봐요"라고 말한다. 그러나 이 기계문명의 시대에 지구를 지킬 힘은 가난이라며 미소를 짓는다. 가난한 사람이야말로 기계문명과는 거리가 먼 맨손의 생을 살 것이라는 추측에 가져본 생각이란다. 시인은 자연과 인간을 결부시켜, 사물을 인간적인 사랑의 시선으로 응시하는 섬세하고 예리한 눈을 가졌다. 목마른 뿌리가 사방으로 흩어져 있는 벤자민의 외관은 시인에 의해 "이 미터의 몸을 먹여 살리려고/ 공중의 수분을 핥"는 모습으로 둔갑한다. 이렇게 그녀는 자연 일부를 몸 안에서 충분히 삭힌 후, 영혼의 교감을 통해 얻어진 사랑의 언어로 눈물겨운 삶을 기록한다.

『빛의 사서함』에 든 시 「낡아빠진 농사」는 눈물로 쌓아올린 고통스런 생의 이력이 식량처럼, 핏물처럼 절실한 것임을 증언한다. 시인에게 눈물은 "다운증후군을 껴입고도 배우가 된 청년"처럼 오랜 고통의 강을 건너서 기쁨을 찾아내는 삶의 의지이며, "절체절명의 갈비뼈에서만 순 트는 육체"처럼 생명을 만드는 요소가 된다. "가장 추운 산에서 길들여진 바위"처럼 절박한 시간 속에서 강해지며 "얼다가 녹고 녹다가" 어는 시련의 과정을 겪더라도 만나야하는 행복 한 자락을 그려낸다. 또한 옹달샘만큼 넓어져서 슬픔의 이력을 가진 이들에게 사랑과 행복을 주고 추운 마음을 골고루 덥혀주는 물을 꿈꾸기도 한다. 가난과 외로움이 낳은 견고한 슬픔을 제 몸의 일부로 인식하는 자세야말로 절망으로 누운 현실을 세우는 비결이 아닐까.

"혼자서 가는 길 쓸쓸해지면/ 눈감고 어디쯤 갈 수 있나 시험하다가/ 큰 다리 아래 숨어 흐르는 슬픔 속으로/ 뚝, 떨어져 눕던 아득한"「옥평리」 유년과 춥고 배고픈 나를 행복하고 당당하게 만들어 준 스승 박화석 선생님의 얼굴은, "피가 당겨 다시 보고 싶"「이사해도 됩니까?」은 기억이다. "사는 일이 캄캄해 부싯돌인 양 제 몸을 치며 견"「X파일」디는 시간이 있었기에

"거짓말처럼 환한 길"을 만났던 건 아닐까. 그녀는 그 덕에
"뻔히 알면서도 모른 척/ 저줄 때의 형상이 가장/ 맛, 좋"「상황
그릇」은 것이라는 깨달음을 얻게 된 것이다.

# 구두의 내부

### – 동행

박성민


절름발이 여자가
벙어리 사내에게
눈빛으로 손가락으로 말들을 꿰매고 있다
아파트 모서리에 놓인 초원 구두 수선점


사내는 구두를 받자
닳은 뒷굽을 떼어낸다
초원 끝에서 들려오는 말갈족의 말굽소리
사내는 구름 속에 들어가 지평선을 깁고 있다


벙어리의 저린 가슴을
헤집고 나온 말의 뿌리
한 번도 사랑한단 말, 못 해주고 살아온
사내의 착한 눈망울은 디딜 곳 없는 허공이다

못처럼 박혀드는 널
남겨두곤 죽을 수 없다
마른 입술 축이는 사내의 눈이 들어가는
구두의 닳아진 내부는 저녁처럼 어두워진다

한 평 반의 수선점은
낡고도 비좁은데
어둠이 막 깔리기 시작하는 저녁하늘에
사내는 성긴 별들을 총총히 박아 놓는다

# 그리움이 살고 있는 불 못 끈 방



박성민(朴誠玫, 1965년생) 시인이 태어난 전남 무안군 일로에는 옷 하나 걸치지 않고 나체로 멱을 감던 추억과 개구리헤엄을 본능적으로 배웠던 기억, 형들이 자맥질을 해서 캐다 주는 연뿌리를 먹던 모습이 여전히 눈에 선하다. 또한, 생을 뜨기 전 그의 손을 꼭 잡고 놓지 않던 할아버지의 온기도 남아 있다. 그날 이후 그는 뭔가를 움켜쥐면서 살아왔다고 한다. "모이를 콕콕 찍어/ 닭똥집에 채웠고/ 장대 위 목청 돋우려고 높은 곳을 바라봤다."「닭발」 그리고 "툭툭, 손가락 마디/ 자르는 소리"가 들리자 "산다는 게 계란 쥐듯/ 움켜쥐면 안 된다는 걸" 너무도 오랜 시간이 걸린 후에야 알았다고 한다.

시인의 집은 아들 부잣집이라 바로 위의 누나가 2대 독녀다. 아들만 많던 할아버지가 손녀를 얻었다는 소식에 만세를 외칠 정도였으니 아들들이 푸대접을 받았음은 당연했다. "날 떼려고 한 통이나 간장을"「애기좀잠자리」 마셨던 어머니는 할아버지에게 들켜서 야단을 맞았다고 한다. 시인에게 할아버지는 생명의 은인인 셈이다. "작은 목숨 움켜쥐고", "어머니 깊은 곳으로 움츠"렸을 태아를 상상하며, 훗날 어머니 이야기를 듣고 쓴 시가 「애기좀잠자리」라고 한다. "옥상에서 낙상한 후/ 곡기를 끊으"시고, "낙타도 없는 사막을 물도 없이"「할머니 생각」 건너가신 할머니에 대한 그리움에 쓴 시들과 "쥐덫 같은 세상에서 웅크림이 더 많았"「쥐의 눈은 캄캄하다」던 아버지 삶을 그린 시들이 오히려 이제 자신의 버거운 삶을 위로한다는 시인.

자신의 삶이 질펀하게 녹아 있는 그의 시는 이렇게 유년의 길목을 거쳐 오랜 시간 다독이며 애잔한 풍경과 만난다. 시인의 근무하는 목포시 상동 초원 아파트 입구의 모서리에 있는 한 평 반의 초원 구두 수선점을 모델로 한 「구두의 내부」는 시집 『쌍봉낙타의 꿈』(고요아침, 2011)에 실린 시조로 절름발이 여자와 벙어리 남자의 삶을 담고 있다. 실제로 두 사람이 부부인지는 모르지만 서로 오가는 따스한 눈빛이 부부거나 연인이라고 생각했다고 한다. 얼마나 사랑하고 있는지는 눈빛을 보면 알 수 있다. 말은 다른 사람을 속여도 눈빛만큼은 남을 속이지 못하는 법이다. 닳아진 구두 굽을 손질하듯 찢어진 살갗을 꿰매듯 힘겨운 그들의 삶을 눈빛으로 손가락으로 전달하고 있는, 애잔하지만 따뜻한 풍경을 아름답게 그려냈다.

중·고등학교 시절 글쓰기를 좋아하는 친구들과 어울려 시 창작 모임도 하고 합평도 했지만 본격적으로 시를 쓰게 된 것은 대학 입학 후라고 한다. 신춘문예 당선 시집을 구입하여 대부분의 시를 필사하고 좋아하는 시들을 달달 외다시피 했을 때부터다.

삶에 지쳐 답답한 날이면 그는 가끔 목포 항구의 방파제를 찾는다. 그곳에는 자신 대신 먼 곳의 바다와 뭍을 여행하고 돌아온 밀물들이 있고, 자신의 마음과 함께 먼 곳으로 훌훌 떠나줄 썰물들이 있기 때문이다. 방파제의 끝은 한 발만 더 내디디면 깊은 바닷물로 빠진다. 그 한 발의 내디딤. 그것은 횡단보도 앞의 정지선과 같은 삶과 죽음이고 시적 긴장 같은 것이다. 그러한 긴장감으로 그는 "그리움이 살고 있는 불 못 끈 방"「노을」의 내부를 바라보고 있다.

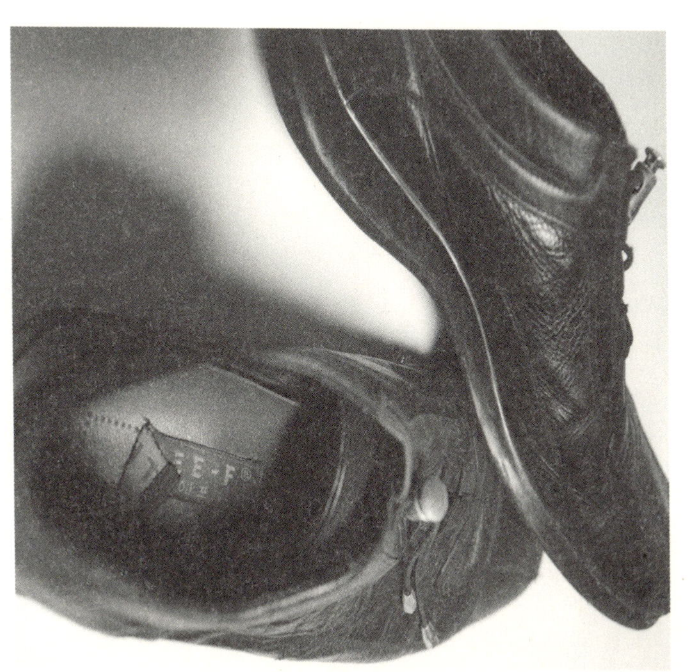

# 소금창고

박성우

그녀는 소금창고를 가지고 있다
낡고 오래된 창고 안에는
소금덩이들이 무더기로 부려져 있다

소금창고를 물려받던 열댓살 무렵
소금저장법을 알 리 없는 그녀는
시도 때도 없이 녹아 흘러버리는 소금을
어찌하지 못하였다고 한다 그런 탓에
소금물은 그렁그렁 녹아내리기 일쑤였다

그녀가 아들을 잃고 남편이 떠나던 이십여년 전
무심코 열어본 소금창고에서는
짜디짠 소금물이 새어나오고 있었다
창고의 문은 여간 닫히지 않았고
곁에 있던 사람들은 이러지도 저러지도 못하였다

그녀의 눈 속에는 소금창고가 있다
이맛살과 눈주름이 폭삭 내려앉은 창고 안에는
넘실넘실 녹아나가는 소금물을
꾹꾹 눌러 말린 소금들이 켜켜이 쌓여 있다
누렇고 검게 그을린 소금덩어리

# 녹아 흐르는 옛사랑의 쓸쓸한 거처



　박성우(朴城佑, 1971년생)의 시는 애잔하지만 따뜻하다. 그의 시 곳곳에서 드러나는 자신의 이야기와 주변 사람들의 진실한 표정 때문일까. 그가 "발생과정을 온전히 마치고 어머니의 자궁문을 빠져나와 자란 고향"「악연」 정읍군 산내면은 시인을 둘러싼 가난한 유년과 그늘진 주변의 이미지가 생생하게 결합된 시詩의 터전이다. "막둥이인 내가 다니는 대학의/ 청소부인 어머니"「어머니」와 "빚 때문에/ 그해 겨울도 돌아오지 못"「생솔」하고 결국 "인공호흡기를 뽑는 일에 동의"「친전-아버지께」하면서 떠나보냈던 아버지, 그를 키워 준 유년의 풍경들은 모두 그의 시 속에 고스란히 담겨져 있다.

　내성적이고 수줍음이 많아 다른 사람들 앞에 좀처럼 나서지 않는 시인은 가장 최소의 언어로 빚은 시詩라는 형식을 빌려 넌지시 세상을 향해 말문을 열고 있다. 그 옹골진 언어의 이면에는 "몸으로 책을 읽히"신 어머니가 있다. 지금은 정년퇴직하였지만 그의 어머니는 그에게 시의 길을 내어 준 스승이나 다름없다. 그의 시에 등장하는 자연적 소재들은 실제로 그가 가꾸고 기른 것이거나 어머니의 것이다. 시인은 그 속에 숨어 있는 시를 찾아내는 즐거움에 빠져있다.

결혼 후에도 서울에 있는 아내와 주말부부를 하면서까지 고향 주변을 떠나지 않은 것은 "몸으로 부대껴 체화된 시를 쓰기 위해서"라고 한다. 시인에게 풍부한 시적 경험은 조각난 상상력을 이어 붙이는 정신적 재료이다. 세상과 화해하고 싶어서 시를 쓴다는 시인의 고백은 어두운 구석에서 "짠물에 절여진 세월"「소금벌레」을 길어 올리는 무수한 얼굴들과 만나면서 더욱 깊고 그윽한 맛을 우려낸다. 언어의 그 깊은 맛에 취해 독자는 잠시나마 슬픔을 밀어낼 수 있는 것이리라.

시「소금창고」는 『가뜬한 잠』(창비, 2007)에 수록된 작품으로, 세상의 밝은 면을 보지 못하고 살아가는 어머니의 쓸쓸하고 고단한 삶을 조명하고 있다. '그녀'가 "열댓살 무렵" 물려받은 "낡고 오래된" 소금창고는 평생을 끌고 가야 할 삶의 공간이다. "그녀가 아들을 잃고 남편을 떠났던 이십여 년 전" 창고의 문이 좀처럼 닫히지 않은 탓으로 "짜디짠 소금물"이 새어나오는 것은 '그녀'의 마음에 찬 슬픔이 멈추지 않고 눈물로 흘러내린 까닭이다. "이맛살과 눈주름이 폭삭 내려앉은 창고"는 오랜 세월, 아픔을 견뎌 온 '그녀'의 삶을 증명하는 공간이리라. "꾹꾹 눌러 말린 소금들"은 지친 시간을 끌고 온 "누렇고 검게 그을린" 화자의 모습과 결합되어 더 이상 내 보낼 눈물마저도 남아 있지 않은 마른 마음의 바닥을 보여준다.

시인은 "헛발질 다음에야"「거미」, 아니 "헛짚은 날들"「개구리밥」까지도 끌어안아야 "상처가 꽃을 피"「봄, 가지를 꺾다」울 수 있다고 믿는다. "마지막 코뚜레에/ 스스로 걸려든"「코뚜레」 시인이 "아슬아슬하게 늘여간"「거미」 길에는 어둠 속 삶들을 위해 세상에 밝은 심지를 밀어 올리는 부드러운 손길이 있으리라. "나무가 죽은 뒤로도/ 나뭇결 속에 고스란히 박혀 있"는 햇볕 낱알들을 발견하는 것은 삶의 아픔과 고통을 견디고 난 시인이 겸손하고 따뜻하게 만나는 풍경일 것이다.

# 완도를 가다

박현덕


주루룩 면발처럼 작달비가 내린다 바람은 날을 세워
빗줄기를 자르고 지하방, 몸을 일으켜 물빛 냄새 맡는다


첫차 타고 눈 감으니 섬들이 꿈틀댄다 잠 덜 깬 바다
속으로 물김되어 가라앉아 저 너른 새벽 어장에 먹물
풀어 편지 쓴다


사철 내내 요란한 엔진 소리 끌고 간 아버지의 낡은
배는 걸쭉한 노래 뽑았다 그 절창 섬을 휘감아 해를 집
어 올린다

# 물기어린 풍경 속에 스며든 삶의 숨결

1987년 『시조문학』으로 등단한 박현덕(朴玹德, 1967년생) 시인. 그는 젊은 나이임에도 짧지 않은 문단 경력을 갖고 있다. 고등학교 1학년 때 전국 최초의 시조 동아리인 《전남학생시조협회》에 가입하면서부터 그는 시조창작에 불을 지폈다. 그는 지속적인 시작詩作을 통해 가난한 사람들의 이야기와 물기 어린 풍경들을 시조라는 우리 고유의 시 형식에 담아 다양한 빛깔의 언어들로 들려주고 있다. 노동현장에서 받은 상처와 스스로 치유하는 민중의 생명력, 쉽게 허물어지는 가난한 삶의 주변을 줄기차게 응시하여 찾아낸 따뜻하고 애정 어린 노력이 돋보인다.

그는 공장의 담벼락 앞에서 규찰을 서던 절박한 현장의 목소리를 들려주거나, 버려진 송정리 유곽의 풍경들을 그려내거나, "햇빛 아래 웅크리고" 앉아 빈 그릇을 내미는 노숙의 현장을 포착한다. 정리 해고 된 청년이 언 수돗가에서 "기름 절인 옷을"「겨울 판화」빠는 초초焦憔한 모습들을 생생하게 담아낸다. 주암댐 수몰 지구를 지나면서 지금은 흙무덤이 되어 버린 곳을 상상하기도 하고, 수장된 옛길이 그리워 안개등을 켜고 사라진 길 더듬으며 가끔 차를 몰기도 한다. 시인에게 있어서 과거의 아픔은 잊어야 할 것이 아니라 오늘의 삶을 그대로 보여주는 거울 같은 것이다.

"적막한 내 꿈들"이 깃들어 있는 유년의 바닷가 완도를 떠올리고, "남새밭 푸성귀들이 고갤 쑥쑥 내미"는 화순군 청풍면 세청리의 삽화를 그려보며, 고단함 속에서도 "흰 밥의 고봉 같은 사랑"을 나누어 주는 풍경에 미소 짓기도 한다. 이렇게 시인은 안개에 묻힌 길 위에서 헤매다 "오늘도 관에 벌렁 누워 죽는 연습을 되풀이"「夏至1」하는 영혼들에 스스로 "몸 구석구석 달디단 물"을 뿌려주듯 시를 쓴다. 이를 통해 그의 시는 치유와 구원의 음률을 지니게 되는 것이리라.

가끔 삶에 지칠 때면, "유년으로 달음박질치는 밤"「다시 완도항에서」이 점점 더 깊어져 고향 완도를 찾는다는 시인. 그에게 고향은 소시민들의 아픔을 누구보다도 쟁쟁하게 들려주는 곳이면서 타향살이의 고통을 덜어 낼 수 있는 안식의 공간이다. 비 오는 날 창밖을 바라보다가 불현듯 완도가 그리워 쓰게 되었다는 시「완도를 가다」는 2008 중앙시조대상을 받은 작품으로 주변인의 아픔을 슬픔이 아닌 생명의 원동력으로 그려 냈다. 면발처럼 비가 내리는 날, 매서운 바람이 빗줄기를 자르는 눈앞의 풍경은 어느덧 눅눅한 지하방으로 이동한다. 완도 부둣가 주변 유년의 지하방에서 맡는 바다의 냄새는 가족의 생존을 위해 바다로 나가 거친 물살과 치열하게 싸워야 했던 아버지의 숨결이 물빛으로 스며든 것이다.

첫차 타고 눈을 감자 어둠 속에서 서서히 기억의 문이 열리며 섬들이 꿈틀댄다. 바다도 잠이 덜 깬 새벽 녘, 시인은 바다 속에 물김 되어 가라앉아 새벽 어장에 먹물을 풀어 편지를 쓴다. 물 젖은 행간에는 사철 내내 요란한 엔진 소리를 내며 낡은 배를 타고 바다로 가는 아버지가 있다. 아버지의 걸쭉한 노랫가락이 섬을 휘감아 길어 올리는 해는 가족의 생계를 위해 일터로 향하는, 하루의 시작을 알리는 신호이다.

그의 시를 통해 우리는 잠시 유년의 푸른 바다에서 소금물로 우리 삶을 짜게 절이고, 불순한 삶의 흔적을 말끔히 씻고 싶은 시인의 절절한 희망을 읽을 수 있다. 시인은 오늘도 순수한 삶이 회복되기를 꿈꾸며 등을 켜들고 은벽진 골목들을 둘러보고 있을 것이다. "마음 깨진 장독대"와 "무너진 푸른 우물"「빈집」이 있는 옛 마당에도 함초롬 꽃이 필 수 있으리라는 단단한 믿음은 여전히 그의 발걸음을 재촉하게 한다.

# 투명한 난꽃

백수인

　나는 섭씨 43도의 온탕 속에 있을 때 가장 투명해진다. 몸은 따뜻한 물에 녹아 온데간데없고 머리만 바가지처럼 수면 위에 둥둥 떠 있다. 거품을 내며 끓고 있는 것, 이것이 내 몸이다. 물이 내 몸통인가, 내 몸통이 온탕인가. 사람들은 하나 둘씩 내 투명한 몸속에 들어와 더욱 투명해지고 그들의 머리통은 샘물에 담가놓은 수박덩이가 된다. 투명하지 않던 빛깔의 몸들이 함께 섞여 투명하게 부글부글 끓는다. 잠시 후 내 몸 속에서는 투명한 목욕탕이 하나씩 걸어 나가고, 다시 세상 빛 알몸들이 하나씩 하나씩 내 몸 속에 들어온다.

　햇빛 쏟아지는 거리로 나서면 난 그림자가 없다. 맑은 바람들이 내 투명한 알몸을 거침없이 통과하여 어디론가 불어가면, 그 바람 이 세상 어느 모퉁이 산 그림자 밑에 맑은 꽃 한 송이 피워낼까.

# 맑고 투명한 세상에 찍는 영혼의 도장

　백수인(白洙寅, 1954년생) 시인의 시에는 친숙한 풍경의 이미지 속에서 투명한 자아를 꿈꾸는 성찰의 모습이 고스란히 드러난다. "스산한 바람만 떠도는"「낙엽을 밟으며」 조선대학교 교정에서, 시인은 플라타너스의 낙엽을 밟으며 "대지를 향하던 뜨거운 마음이 찬 흙덩이로" 뒹구는 쓸쓸한 풍경을 본다. 지금은 한낱 추억이 되어버린 연초록 무늬의 뒷모습에 대한 그

리움과 애착이 담겨 있다.

"하늘에 걸린 꽃밭"「장작패기, 혹은 '화려한 휴가'」이 있던 전남 장흥의 고향집 마당도 지금은 나무의 아름다운 자태를 잃고 시들시들 말라가는 잎만 남아 있다. "나무의 주검"이 있는 마당과 "새벽 속을 헤매다" 돌아 온 기억 속에는 "밤새 지친 고요가 두 팔을 들고"「감기」서 있다. 얼마나 걸어야 "부드럽고 상큼한 바람 한 점 만날까."「손」시인의 바람은 메말라가는 삶의 온기를 회복하고자 하는 것에서부터 시작된다. 그것은 삶의 뒤안길에서 투명해진 자아를 만나는 일과도 같은 것이리라.

시인은 『시와 시학』(2003, 가을호)에 발표한 「투명한 난꽃」을 통해 화자가 물속에 있었을 때 비로소 투명해진 자아를 발견하고 그 순간 환하게 핀 맑은 꽃 한 송이를 만날 수 있음을 확신한다. 화자는 섭씨 43도의 온탕 속에 앉아 있다. 온탕 속에 앉아 있을 때 '나'의 몸은 이미 사라지고 가장 투명해진 머리만 남아 세상에 떠다니는 "수박덩이"가 된다. "거품을 내며 끓고 있는" 물이 내 몸통인지, 내 몸통이 온탕인지 모를 투명함을 두른 공간, "투명하지 않던 빛깔의 몸들"까지도 함께 섞이면 금세 투명해져서 부글부글 끓어오르는 몸. 그는 삶의 문을 빠져 나가기 전 마지막으로 몸을 버리고 영혼의 도장을 찍는다.

투명한 '나'의 몸에서는 더 이상 그림자가 생기지 않는다. "투명한 알몸을 거침없이 통과하여 어디론가 불어가"는 바람이 "이 세상 어느 모퉁이 산 그림자 밑"까지 날아가 피우는 한 송이 꽃은 한 줌 재의 흔적이 남긴 삶의 진정성이다. 목욕탕 풍경을 죽음의 길로 가는 이미지와 결합시킨 시인의 눈빛은 맑고 투명한 세상에 대한 염원을 담고 있다.

"우리는 모두 길 위에서 존재와 마주"「손」치고, 그 존재와의 만남 속에서 지나온 시간들을 반성한다. "몸속에 뒤엉켜 있는 시간의 실타래를 한 모금씩 내뿜"「담배를 피우며」으며 차가운 가슴들을 고요 속으로 저만치 밀어내고 선명해진 '나'를 만나는 시간, 어쩌면 시인은 오래 전부터 "깃털 하나로 견고한 둑을"「금강하구의 새떼들」 허물 수 있는 시심을 지켜왔는지도 모른다. "내 생각과 마음을 좋은 이미지로 다듬어서 잘 전달하고 싶다"는 시인의 열망에서도 말간 세상을 향한 순수함이 감지된다.

　시인의 꿈을 키웠던 유년을 떠올리며, 시와 인연을 맺게 된 것을 초등학교 선생님 덕분으로 돌리는 시인의 얼굴에서 소년의 수줍음이 살포시 지나간다. 든든한 지지자가 되어 준 아버지와 가사문학의 터전인 장흥군 안양면 기산마을은 오늘날 시인을 성장시킨 버팀목이자 소중한 배경이다. 고향 추억과 "한겨울에도 봄볕이 내리"「풀잎 냄새」는 광주의 곳곳은 시인의 눈빛으로 인하여 더욱 맑고 투명하게 빛날 것이다.

# 아침 햇빛을 타고 가는 기차

범대순

아침 건널목에서 지나가는 기차를 만난다. 우연한
일로 나는 큰 사건같이 설레었다. 예쁘다 기차도 예쁘
고 탄 사람도 예쁘게 때맞추어 일어나는 햇빛 닮은 소
리로 간다. 열 살 때 처음으로 읍내 나들이를 따라갔
다. 건널목에 서서 넋을 잃고 기차를 보았을 때 산너머
기적 소리와 꿈으로 살아 있었던 것이 눈앞에 검고 길
게 오래 맨발 앞을 지나갔었다. 있고 없음이 마음속에
있다고 배운 뒤에도 마음 밖에서 다만 거품을 구하고
사는 속에 나이를 먹으면서 나는 기차를 잃어버렸다.
날마다 가까이 만나는 것이 이미 거기 없다. 지금 나는
부처와 예수의 가르침을 지고 있다. 런던 하이게이트
칼 마르크스의 묘지도 믿는다. 그들이 버리고 부린 욕
심 나라고 먼 산이랴만 아침 햇빛을 타고 가는 예쁜 기
차 같지 않구나.

# 과거의 원형 속에서
## 가늠하는 현실의 무게

"버릇이 들어서 시를 씁니다." 범대순(范大錞, 1930년생) 시인이 요즘 시를 쓰는 이유이다. 여든의 나이에도 불구하고 그의 시가 변함없는 관심을 받을 수 있는 것은 끊임없이 새로운 사유와 실험 정신으로 시의 내용과 형식에 도전하고 있기 때문이다. 의욕이 지나칠 정도로 그의 시에는 기계와 문명, 사회의 온갖 문제들에 대한 참여와 비판의식이 담겨 있다. "하늘의 전천후를 흔드는 분노에 대하여 분노할 시간은 남아 있다"「아직도 분노할 시간은 남이 있다」는 것이 그의 생각이다.

이제는 시 쓰는 것이 버릇이 되어 버렸다며 처음 시를 접했던 해방 후의 기억을 더듬는 시인. 버릇이 되기까지 시 쓰기는 그의 일생을 관통하고 있다. 당시 어려웠던 가정 형편에 자식을 제대로 돌보지 못하는 어머니에 대한 불만과 무능한 아버지에 대한 저항감으로 시를 쓰게 되었다. 그 후 한참 공백기를 보내고 시인은 다시 해방 후 닥쳐 온 사회적 불안감에서 위태로운 자신을 바로 잡기 위해 시를 쓰기 시작했다. 한시漢詩를 지었던 아버지의 영향으로 한시 백일장에 따라 다녔던 유년기도 빼놓을 수 없는 소중한 기억이리라.

  그는 습관처럼 새벽 세 시에서 다섯 시 사이에 음악을 들으
며 시를 쓴다. 철학자 칸트는 음악이 사고를 죽인다고 했지만
자신은 오히려 공감이 된다고 한다. 때로는 음악이 생각을 자
르기도 하지만 이어주기도 한다는 것이다. 이렇게 문학적 자
존심을 계획성 있게 지켜 온 시인이기에 스스로 "나는 부글부
글 용소같이 속이 미친/ 디오니소스의 거시기"「나는 디오니소스
의 거시기다」라며, 디오니소스의 광기를 드러내기도 하는 것이
리라.

  요즘은 자꾸 유연하고 자연친화적이 되려고 하는 자유분방
한 자신의 본령을 잃지 않기 위해 일주일에 두 번 무등산을 오
른다. 일흔에 대한 정면 돌파로 수염을 길렀다면, 여든이 되
는 올 해부터는 무등산 서석대까지 백 번 오르는 것이 목표다.
운전을 할 때나 산을 오를 때마다 긴 수염 때문에 나이를 묻
는 질문이 많지만, 그는 "나이는 숫자에 불과한 것"이라고 생
각한다. 등산과 음악 감상 외에도 모자 수집벽을 갖고 있는 시
인. 그의 시의 감각과 열정은 바로 그의 파릇하고 촉촉한 일상
에서 싹트는 것이다.

시집 『북창서재北窓書齋』(시와사람, 1999)에 들어 있는 시 「아침 햇빛을 타고 가는 기차」를 통해 시인은 과거의 원형 속에서 꿈을 잃어버린 현재를 끊임없이 반성하고 있다. 아침 건널목에서 만난 기차는 산 너머 기적 소리와 꿈을 실어 나르는 과거의 기억으로 거슬러 오른다. 각박한 사회에 거품 목욕을 하듯 몸을 담그고 시간을 보내는 동안 시인은 기차를 잃어버렸음을 알아차린다. 어느덧 내가 잃어버린 기차는 오래전 순수한 열정으로 마음을 지배했던 꿈이며 사랑이다. 지금은 부처와 예수, 칼 마르크스를 찾아다니며 그들과 같은 꿈을 꾸지만 아침 햇빛을 타고 가는 예쁜 기차 같지 않다는 깨달음을 곱씹는다.

이렇게 세상을 헤아리는 슬기와 애정의 눈빛은 "분한 마음 욕으로 시작하는 오거리"「목포 오거리 나의 터미널」를 지나 "생각이 자꾸 차가운 들을 달리"「방 안의 들」는 이유를 추적한다. "묵은 간장이 빛깔도 진하고 깊은 맛이 있다"「황길현 시인을 위하여」는 것을 알려주며 시인은 늘 새벽에 잠을 깬다.

# 연어의 나이테

복효근


잘라놓은 연어의 살 속엔

나이테 무늬가 있다

연하디 연한 연어의 살결에

나무처럼 단단한 한 시절이 있었다는 뜻이리라

중력을 거부하고 하늘로 솟구치던 나무를

눈바람이 주저앉히려 할 때마다

제 근육에 새겨넣은 굴렁쇠 같이 단단한 것이

나무의 나이테이듯이

한사코 아래로만 흐르려는 물길을 거슬러

폭포수를 뛰어넘는 연어를

사나운 물살이 저 바닥으로 내동댕이칠 때마다

열 번이고 스무 번이고 솟구쳐

여린 살 속에 쓰라린 햇살이 짱짱한 나이테로 쌓였으리라

켜놓은 원목의 나이테가

제가 맞은 눈바람을 순한 향기로 뿜어내놓듯이

그래서
연어의 살결에선 강물냄새가 나는 것이다
죽은 어미연어의 나이테를 먹은 치어가
폭포수를 뛰어넘어
다시 그 강에 회귀하는 것은 다 그 때문이 아니겠는가

# 견고한 아픔으로 여무는 삶의 생채기

　복효근(卜孝根, 1962년생) 시인은 지리산 노고단이 아스라이 보이고, "섬진강 푸른 물이 꿈틀대며 흐르는" 전북 남원 대산면에서 태어났다. 농사를 짓는 집안의 6남매 중 막내로 자라면서 가난한 유년을 보냈지만, 풍악산과 지리산의 넓은 가슴속에 살가운 꿈을 품을 수 있었다. "어머니 보릿고개/ 명주실꾸리 같은 이야기 하나가/ 끝없"이 이어지는 섬진강과 "파랗게 번지는 잉크처럼 비안개"「연하천 산비 그리고 바람」에 몸 다 지워진 지리산은 눈 덮인 길 위에서도 기꺼이 "내가 나의 길이 되어 길 밝혀"「눈길, 청학동 가는」 살아왔던 시인의 꿋꿋한 생의 터전이다.

　어릴 적, 그림에 취미를 갖고 있었음에도 여유롭지 못한 형편 때문에 화가의 꿈을 펼치지 못했으나, 누나와 형과 함께 시를 읽고 흉내 내어 몇 편 써 보던 경험이 몇 차례 상을 받는 것으로 이어지면서 "내게도 문재文才가 있구나"라고 착각을 하며 시를 쓰게 되었다고 한다. 이렇게 그의 시는 "더듬더듬 이 세상 첫 소식을 발음하"「5월의 느티나무」듯 설레는 발걸음을 내딛는다. 좁다란 시장골목으로 배달 나가는 김씨 아줌마 뒤를

졸졸 따라가며 머리에 얹힌 쟁반들을 5층 쟁반 탑으로 상상하고, "드문드문 이빠진 아파트 주차장"에서 "통고추 한 멍석을 다 굽고 있"는 할머니의 습기 많은 한 생애를 섬세한 필치로 그려내는 그의 화폭은 넉넉하다.

『목련꽃 브라자』(천년의시작, 2005)에 들어 있는 위의 시 「연어의 나이테」는 거친 물살을 헤치며 단단한 생의 행로를 열어 가는 연어를 통해 연약하고 나약한 삶이 시간의 강을 지나 자신의 향기와 빛깔을 찾아 가는 과정을 보여준다. 시인은 잘라 놓은 "연어의 살 속"에도 나무와 같은 "나이테 무늬"가 있음을 발견한다. 그것은 연하디 연한 속살을 가진 연어에게 나무처럼 단단해지는 과정이 있었음을 이야기 해 준다. 매 순간 죽음을 넘어서는 치열한 삶의 자리를 의미하는 것이리라.

나무의 나이테가 단순히 나이를 먹은 흔적만을 보여주는 것이 아니듯, 시인은 죽음에 이르기까지 고통과 절망의 거친 물살을 헤쳐 나간 연어가 후대를 향해 건네주는 바다와 강의 이야기를 담아낸 것이 연어의 나이테임을 보여준다. 시인은 연어의 연한 속살이 지니고 있는 단단한 나이테의 무늬에 주목하면서, 그 무늬가 우리에게 무엇을 전해주려고 하는지를 따뜻하고 부드러운 눈빛으로 말하고 있다. "더 뜨겁고 더 깊은 데로 뿌리를"「콩밥을 먹으며」 뻗는 것들을 향해 시인은 주저하지 않고 붓을 드는 것이다.

껍질 안쪽으로 속살이 썩어 몸통이 비어 가는 느티나무에 풀 몇 포기가 꽃을 피우는 것을 보며, "삶은 커다란 상처 혹은 구멍인데/ 그것은 또 그 무엇의 자궁일지"「느티나무로부터」도 모른다는 생각을 하는 시인. 삶은 그 어느 순간에도 절절하기에 우리는 삶과 죽음이 엇갈리는 하나의 생 앞에서 "섣불리 치유를 꿈꾸거나 덮으려 하지 않"고 그 어긋난 운명의 아픔을 자연스럽게 감내해야 하는 것이다. "죽을힘으로 피워내는 아름다운 불꽃"「생生」은 몰려오는 바람을 온몸으로 막아내며 잃어버린 제 이름을 얻을 때 더욱 환하게 빛나는 것이리라.

# 고인돌의 노래

서연정

검 하나 오직 들고 무한 시공을 달려온
청동빛 짙은 그리움 알아보지 못하고
그들은 나의 호명을 바람소리라 하였다

바위를 쩍, 갈라 호된 마음 꺼내니
흐르는 핏물이 땅에 철철 스민다
그들은 이 흙을 치대 그릇을 구우리라

더러 향로가 되면 삼가 제를 모실 때
파르라니 오르는 연기 속에 스미건만
그들은 복 비는 손을 바라볼 뿐이구나

다시 천 년을 침묵으로 달려갈까
어느 너덜겅에서 만나게 될 이들이여
돌에도 길이 나는 연유 곰곰 물을 일이다

# 생명의 근원을 찾는 시간의 강물

　　서연정(徐演禎, 1959년생) 시인은 무등산이 둘러싸인 광주시 청풍동 등촌 마을에서 태어났다. 시인에게 있어 고향은 소생의 땅이다. 여기 저기 돌아다니면서 입은 상처는 몸에 난 것이든 마음에 든 것이든 고향에 돌아와 묵히면 딱지가 지고 새살이 돋는다고 한다. 어떻게 하면 고향을 좀 더 알 수 있을까 하여 요즘 그녀는 각 구청을 돌아다니며 구 지리지나 구 마을사

등의 자료를 구해보고 있다.

등단 10년을 넘긴 지금, 그녀는 시를 통해 지극히 사적인 통증만을 토로하며 시라는 소중한 그릇을 너무 함부로 다루어 온 것은 아닌지 반성한다. 늘 곁에 있던 고향을 몰라보고 날 버리고 혼자 어디 갔었느냐고 투정 부리던 날들을 기억하며 이제 처음 시를 쓰던 마음으로 돌아가 겸허하게 호남의 구석구석을 조명하고 싶다고 한다. "아무나 이 길목에선 도란도란 벗이" 된다는 것을 알기에 그 먼 시간을 돌아와서도 이렇게 미안함 없이 당당하고 의연해질 수 있는 것이다.

"어둠 속에 일어서는 불꽃을 이야기하고/ 버릴 수 없는 그 꿈으로 또 한껏 뜨거워져/ 가슴을 함께 나누면 우리는 남이" 「오월엔 망월동에 간다」 아닌 것이다. 외로움에 허기졌던 마음을 독서로 채웠던 유년기도, 자신이 사랑 받지 못한다고 착각했던 순간도, 함께 사춘기의 골목을 산책했던 친구도 모두 그녀를 시인으로 만들어준 튼튼한 기둥이다. 시인은 이렇게 껴안고 살아가는 기억들을 '시조'의 그릇에 오롯하게 담아낸다. "길마다 옥시글옥시글/ 이야기 새" 「다정한 골목」를 치며 뜨겁게 몸 뒤섞는 풍경들의 근원지를 찾아가는 시인의 발걸음은 늘 분주하다.

시집 『무엇이 들어 있을까』(고요아침, 2007)에 들어 있는 시 「고인돌의 노래」는 내 존재가 느닷없이 홀로 시작되고 홀로 끝나는 게 아니라 무한히 많은 핏줄들로 연결되어 현재를 끈끈하게 잇고 있음을 보게 한다. 화순 고인돌 유적지에 가던 날, 끈이 몹시 불었는데 그 끈 소리가 마치 선사시대의 어느 인류가 자신을 부르는 소리처럼 들렸다고 한다. 인류의 존재는 선사시대로부터 흘러내려왔고 또 어디론가 흘러간다. 끈으로 전해지는 오랜 역사의 숨결은 오늘의 '나'를 증언하는 고향이며 자궁이다. 우리는 모두 "천 년을 침묵으로 달려"가다가도 "어느 너덜강에서 만나게 될"지도 모르는 소중한 인연이다. 시인은 고인돌을 통해 인류와의 공감대를 느끼며 먼저 간 이들이 무슨 말을 전하는지 항상 귀를 열고 잘 들어야겠다고 다짐한다.

주변을 맴돌기만 했던 적막한 시간들은 존재의 근원지를 향한 끝없는 물음으로 인하여 우리의 존재가 혼자가 아닌 "한

줄기 올망졸망 복대기는 감자알”「가족-매미 소리·1」 같은 존재임을 깨닫게 한다. “빈 수레 끌고/ 어금니를 꽉 물고”「귀가」 버텨 온 “슬픔도 일가를 이루면/ 좀 덜 외로”운 법이다. 시인의 말처럼 “상처가 두려운 이”들은 서로를 끌어안지 못한다. “딱지 낮은 그 자리 끌어안”「장날」으며 빈손으로 다른 빈손을 꼭 잡고 걸어가는 노부부의 뒷모습이 햇빛 속으로 사라질 때까지 시인은 눈을 떼지 못한다.

읽고 쓰는 일 외에 별다른 취미랄 것도 없다지만 한때 그녀는 한글서예와 탱화를 하며 틈틈이 자신을 가꿔왔다. 소질이 없어 금방 그만 두었지만 전혀 미련이 없다고 한다. 만약 읽고 쓰는 일을 그만 둔다면 아마 호흡이 멈춰 버릴 것이라는 진지한 말을 농담처럼 건네는 그녀의 얼굴에서 넘치는 자신감을 보았다. 요즘 한참 구상 중이라는 ‘돌’을 소재로 한 작품이 아름다운 생명의 연대를 보여줄 그 날을 기다려 본다.

# 숙성

서효인

그 집 김치찌개 비법을 누구도 알 수 없었지만


명민한 이 동네 유지, 츄리닝 백 군의 목격담을 빌리
자면, 시큼 씁쓰래한 찌개에서 남는 것은 대체로 바람보
다 먼저 눕는다던 풀들이다 두부와 대파는 건어낸다 김
치는 모양 그대로 개운하게 합한 다 끓이던 찌개와 먹던
찌개의 차이는 인정하지 않아도 좋다 사이좋게 섞는다
휘적휘적 돌린다 그 소용돌이 속에서 새로운 맛은 이전
의 맛과 동일한 개체가 될 것이다 그렇게 끓이고 내오고
건어서 끓이고 또 파는 일련의 과정을 통해 국물과 김치
는 이완과 긴장을 거듭한다 불안의 폭포가 멈추지 않고
쏟아지는 거품의 나날들, 찌개 속 풀들은 식도와 위장의
영토에 속할 안정의 날들을 기다리며 스스로의 맛을 9
급이나 7급으로 업, 업그레이드 하는 것이다


그 집 찌개의 비밀은 저 입술들에 있다

# 아픈 세상과 호흡하는,<br>　　　　쓸쓸한 세상의 입술

　서효인(徐孝仁, 1981년생)은 2006 『시인세계』로 등단한 젊은 시인이다. 그의 싱싱한 시어는 각종 스포츠와 게임, TV와 영화 보기, 걷기 등 잡다한 취미 생활에서 태어난다. 바로 이것이 그의 시 창작의 레시피! 자신의 취미생활에서 소재를 찾아야 놀면서도 시를 써야 한다는 압박감에서 해방된다고 한다. 그는 시를 통해 도시 하나를 만들고 싶어 한다. 다양하게 살아가는 사람들의 모습을 스케치하면서, 소외받은 사람들의 안부를 묻고 조명하는 것. 독특한 상상의 무대 위에 세워지는 구석진 삶의 단상들은 시인의 입을 통해 세상에 보도되는 것이다.

　그는 "연골과 두골에 쌩 바퀴자국을 내고 … 신음도 없이, 쌔앵 찢어지는"「목격자」 미화원의 쓸쓸한 죽음을 본 그 현장의 유일한 목격자이다. "노점상 같은 겨울"「변신」을 나기 위해 토스트를 굽던 노부부의 시신이 이틀 뒤 한 장의 토스트로 발견되었다는 소식을 전하는 제보자이기도 하다. "리모델링 공사 현장의 점심"「감자의 낮잠」, 희망을 모른 채 불기만 하던 자장면 같은 노동의 현장에서 아무렇지 않게 베어졌을 목숨을 다독이듯 껴안는 그의 언어는 슬프지만 따뜻하다.

"몸을 날려 손을 뻗어도 닿을 수 없는 구석"「FC게토의 이삼류 골키퍼」에는 정오의 희망곡이 들리지 않는다. 시인은 시를 통해 허기지고 헐벗은 영혼들에게 희망곡을 배달하고 부조리한 사회의 뒷모습을 날카롭게 쏘아본다.

『소년 파르티잔 행동지침』(민음사, 2010)에 들어 있는「숙성」은 전남대 주변 고시원 앞, 장사 잘 되는 어느 음식점을 모델로 한 것이다. 손님이 먹고 남긴 음식을 섞어 만든다는 소문이 돌았던 음식점의 김치찌개 비법은 무수히 드나들던 입술들에 있었다는 것. 누군가가 먹고 간 찌개에서 마지막까지 남는 것은 풀들이다. 선택에서 제외된 풀들은 7급과 9급의 삶을 꿈꾸며 몇 년 째 고시학원에 머무는 고시생들이다. 두부와 대파를 걷어낸 뒤, 김치를 개운하게 합하고, 끓이던 찌개와 먹던 찌개를 사이좋게 섞으면 그것은 한 무리의 동일한 개체가 된다. 끓이고 내오고 걷어내고 또 끓이는 긴장과 이완의 날들은 합격을 기다리면서 긴장을 거듭해야 하는 고시생들의 일상이 아닐까.

고시학원에 들어서는 순간, 학생들은 스스로의 맛을 9급이나 7급으로 업그레이드한다. 같은 시간표 아래 같은 생각으로

살아가는 젊은이들에게 사회는 상상의 꽃을 피울 공간을 내주
지 않는다. "대각선으로 읽히는 세상"「소년 파르티잔 행동지침」
에 길들여지고 "발각되지 않게 속으로 조용히" 셈하는 법을
배우는 것은 주변을 돌볼 틈 없이 각박하게 살아가는 오늘 우
리의 모습이기도 하다.

시인은 살가움이 사라진 아픈 세상을 걱정하며 "외롬과 서름의 활자들"「역마의 버릇」을 끌어 모은다. 압해도 외가에 있는 유일한 책이었던 『피노키오』를 다 외우고, 엄마와 끝말잇기를 하며 꿈의 노트를 채웠던 유년과 백일장에서 상을 받았던 학창시절의 추억을 소중하게 간직하며 시 쓰는 오늘이 행복하다는 시인. 늦은 밤, 오밀조밀한 희망의 언어로 시인의 도시를 설계하고 있을 그의 모습이 떠오른다.

애향탑愛鄕塔

– 고향 앞에 서서


손광은


나는 고향 앞에 서서
무엇으로 우뚝 서랴
아흔아홉 굽이 봇재바람에 마음을 열어
무엇을 다짐하랴.

가슴 헤집는
세월을 뒤적이고 비비꼬면서
옷섶 품으로 스며드는 산바람되랴
강바람되랴
들꽃이 되랴 풀꽃이 되랴
고향을 떠난 나그네되랴.

봇재를 넘어
저만큼 가까이 마음을 보내
수천 년 부르고 이끄는 사람이 되랴
정든 땅에 돌아와 씨뿌리듯
내 마음 여기 심어놓고
나는 고향 앞에 무엇으로 우뚝 서랴

# 고향에 씨 뿌린 마음의 따스한 눈빛

"내 시가 걸어온 길은 내 삶의 길이었어요." 손광은(孫光殷, 1936년생) 시인은 자신의 시 쓰기가 "극히 순간적이면서도 내 영혼의 영원한 무엇을 찾는 작업"이라고 말하면서 따뜻한 미소로 말문을 열었다. 건강상의 이유로 지난해부터 좋아하는 술을 마시지 못한 그는 대신 시를 음미하며 지내고 있다. 한두 잔 술을 마시면 늘 젓가락 장단을 치며 국악 한 가락을 선보였던 시인. 유독 국악을 좋아한 그는 잠들기 전까지 그 음에 박자를 맞춰 시 작품도 수정하고 위안을 받기도 한다고 한다.

국악은 그에게 "나를 밖으로 끌어내는 소리"이면서 "그늘을 밀어내고 안개를 걷히듯/ 얼굴을 비벼가는 소리"「웃음·2」인 것이다. 판소리 외에도 그의 관심은 그림 그리기이다. 지난 2007년 상재한 다섯 번째 시집 『땅을 딛고 해가 뜬다』(한림, 2007)는 그가 밟고 온 광주 전남 곳곳의 풍경과 역사의 현장들을 글과 그림으로 담아 낸 아름다운 화폭으로 남도 지방에 대한 그의 각별한 애정을 짐작케 한다.

이러한 그의 그림에 대한 관심은 2009년 출간한 『민속의 숨결 신명을 풀어라』로 이어지면서 전통적 삶에 대한 재인식의 기회를 확고히 다지는 무한한 시 정신을 보여주었다. 그의 시 서화詩書畵에 대한 관심은 나약해진 우리의 가치관과 허물어진 윤리와 사회적 환경을 비판하는 데서 비롯되었다. 그는 옛 정신 속에서 만나는 풍경이야말로 복잡하게 얽힌 일상의 실타래를 푸는 방법이라고 믿고 있다.

　　중학교 때부터 시인의 꿈을 키웠던 그는 유년 시절 닥치는 대로 책을 읽었다. 특별한 것은 노벨상을 받은 글들에 대한 생각이다. 제 나라의 풍토와 작가의 인생관, 자기 고백이 성실히 반영된 글이 노벨상을 수상한다고 생각했던 것이다. 그 시절의 독서는 시인으로 하여금 문학의 근원이 고향에 있음을 깨닫게 해 준 소중한 기억이라고 한다. 체계적인 독서는 대학에 와서야 하게 되었지만, 시인의 어린 시절 고향에 대한 기억이 "숨어 있는 것들 묻혀 있는 것들"「뿌리가 뿌리를 찾아 하늘을 본다」에 대한 애정을 불러일으켰는지도 모른다.

　　"고향 앞에 서서"라는 부재가 있는 시「애향탑愛鄕塔」에서 시인은 고향 앞에 무엇으로도 서지 못한 자신을 반성하며 앞으로 무엇으로 설 것인가에 대한 자기 성찰을 한다. 지나 온 길, 가슴 헤집는 시간들을 들춰보면서 그는 산바람, 강바람, 들꽃, 풀꽃, 나그네로의 삶을 그려본다. 그러다가도 붓재를 넘어 선 곳에 마음을 보내 수천 년 부르고 이끄는 사람으로 우뚝 서고자 한다. 내 마음 여기 심어 놓고 고향 앞에 무엇으로 우뚝 서야 하는가에 대한 물음을 반복함으로써 근원에 대한 열망이 애향탑으로 세워지고 있음을 볼 수 있다.

시인의 고향 보성군 노동면 금호리에는 유년 시절 헤엄을 치며 놀았던 정자강이 있고, "소리와 빛으로 키운"「보성 겨울茶 밭-빛의 축제」차밭이 있다. 지금은 단 한 명 남아있는 초등학교 동창생과 만나서 신명나는 한 가락 추억을 풀어내기도 한다. 그러나 그를 여전히 외롭지 않게 하고 시에 대한 열정을 사그러들지 않게 하는 것은 그에게 "불타듯 불타듯 소리쳐 포효하면서/ 머리칼 쏟아질 듯 나부끼면서"「序詩」이 땅을 딛고 날개를 활짝 펴는 오늘이 기다리고 있기 때문일 것이다.

# 직소기행

송반달

처음처럼, 갔다. 산은 그랬다. 그늘은 그늘로 비웠다. 그리고 햇볕은 햇볕으로 비웠다. 비우면 고인다 했던가, 사람을 사람으로 비웠을 때 길은 길로 비우기 위해 가파르게 접어들었다. 그러는 내내 비끼는 발치에 꽉 채운 추색秋色이 계면쩍어 수풀은 바람의 실눈을 떴다. 그리고 내게 물었다. 그대는 물의 눈을 떴는가. 그러자 나무들 기연미연 출렁거릴 따름이었다. 그 산길 끝에서 태양은 하늘 호수이고 그 선녀탕이 내변산으로 옴스라니 내려온 것 직소는 산중호수였다. 폭포를 마시고 아스라이 들앉은, 암벽은 하늘처럼 물 비운 채였다. 공空에서 공空까지 물 비우고 나니 깊은 물

고였다. 그리고 넘치지 않았다.

# 비움으로 내면을 채우는 공(空)의 시학

전북 부안에서 태어나 지금도 고향의 품에서 응석받이로 살아가고 있는 송반달(1961년생, 본명: 송의철) 시인. '반달'이라는 필명은 앞산에서 두둥실 떠오른 반달을 치마폭으로 고이 받아냈다는 외할머니의 꿈에서 연유된 것이다. 꿈 내용이 너무도 별스러워 잠에서 깨자마자 시인의 첫 울음을 들었다는 외할머니의 이야기를 듣고 필명으로 사용하게 되었다고 한다.

　그는 지금 부안군 계화면 돈지마을에서 희망근로를 배부르게 하며 살고 있다. 혹시 이 근로가 좋은 희곡으로 거듭나 기찬 연극으로 둔갑할 지도 모른다는 말을 농담처럼 흘리는 그의 입가에 해맑은 미소가 번진다. 작가 지망생이라는 구실로 떠돌아다니며 많은 가슴에게 천둥을 울리고 수많은 꽃에게 이슬 맺히게 하고, 물덤벙술덤벙 그렇게 보낸 몫으로 그는 마흔 둘의 나이에 『현대시』를 통해 등단했다. 뒤늦게 대학의 극작과에 입학한 철없는 오십 고개까지, 그는 자신을 두르고 있는 시간들을 겸손하게 받아들인다.

　그저 자동차 매연보다 돼지 똥 냄새가 좋고, 각이 진 건축물보다 둥근 달을 닮은 돌과 이파리들이 좋고, 둥글어지기를 소망하는 가슴들의 결이 좋아서 고향 마루에 눌러 앉았다는 시인. 포플러 나무 이파리가 바람에 흔들리는 소리에 취해 학교 가는 것도 잊어버렸다는 유년의 기억은 그를 자연스럽게 시인으로 만들었다. 그는 '바람'과 '물'의 역동적 흐름을 통해 내내 흔들리고 뒤척이는 삶을 응시하면서도 그 안에서 꿋꿋하게 일어서려는 몸부림의 활력을 선명하게 그려낸다. "조급해진 바람"에 흔들리는 수양버들의 형상으로 휘청휘청 춤추면서도 "내쫓으면 되돌아오는 고무줄 같은 머슴처럼"「야야, 바람이 분다」 우리의 삶에는 늘 질기고 강인한 숨결이 살아 있음을 증언한다.

『야야, 바람이 분다』(한국문연, 2007)에 담겨 있는「직소기행」은 마르지 않는 직소를 대하면서 그 처절한 비움과 공공空空한 채움이 담고 있는 의미와 사유의 깊이를 보여준다. 말라있는 직소폭포를 보고 처음엔 메마른 사람들의 마음 같아 몹시 서글펐다고 한다. 그러나 비울 때라야 비로소 고일 수 있다는 인식이 메마른 직소를 산중호수로 바꿔 놓는다. 폭포를 마시고 아스라이 들앉은 직소는 모든 사물을 끌어안고서도 넘치지 않는 겸손함과 균형의 미학을 보여준다.

길은 자신의 끝자락을 또 다른 길에게 주고 사람은 자신의 몸을 다른 이에게 전해줌으로써 재생을 만난다. 이런 비움의 시간을 경험하며 가파르게 접어 든 길에서 수풀은 바람의 실눈을 뜨고 화자에게 물의 눈을 떴느냐고 묻는다. 진정한 깨침은 물을 비우고 나서 더욱 깊어진 물이라는 역설적 표현을 통해 얻어진다. 이 시는 여백 하나 없는 고단한 내면과 메마른 인심에 대한 반성, 그리고 비움으로써 채워지는 우리 삶의 가치와 포용의 미학을 안겨 준다.

그의 말처럼 우리 삶은 "위아래로 흐르지 않고 옆으로"「그 경계를 넘어서」 흐른다. 그래서 "뒹구는 물방울"이 "서 있는 돌보다 깡깡하"게 보이는 것이다. "시詩 망치에 얻어맞아 이렇게 골치가 깨질 것 같"「꽃감기」은 날, 그는 의도적으로 깊은 수렁에 빠진다. "깊을수록 낮아지는 길이 거기 있"고, "깜깜할수록 밝아지는 길이 거기 있"「미꾸라지 영토에 물음표들이 산다」기 때문이다. "詩가 없다면/ 혼자 못 간다"「초저녁」고 되뇌던 그가 눈물방울 환하게 켜들고 반달로 호롱호롱 서 있을 모습을 그려본다.

# 새 하나가

송선영

첩첩 산 터 잡은 새가 작은 울대 하나로

벼랑 앞 울창한 고요 종일토록 쥐락펴락

골 물빛
붉어지는데

득음, 아직도 먼가.

산이 어여삐 여겨 품에 거둔 새 하나가

적막에 점정點睛하고 드리는 소리공양,

혼신의 그 소리 쌓여

산 푸를레, 골 깊을레.

# 적막을 깨우는 소리공양,
## 득음得音의 새 한 마리



"요즘 제 삶은 삼한사온三寒四溫입니다." 너무도 오랜만에 여쭌 송선영(宋船影, 1936년생, 본명: 송태홍) 시인의 근황은 그리 밝지 않았다. 2년 전, 큰 수술을 받은 후로 3개월에 한 번씩 재검진을 받는 일 외에는 거의 외출을 하지 않고 번잡스러운 일들도 잠시 유보하고 있었다.

그가 처음 시조를 쓰기 시작한 것은 1958년 신문에서 우연히 접한 ≪개천절 경축 제2회 전국백일장 개최≫ 광고 때문이었다. 요행히도 '참방'에 들어 은잔을 부상으로 받았던 경험을 계기로 이듬해인 1959년 ≪한국일보≫와 ≪경향신문≫ 신춘문예에 등단하는 영예를 안았다. 사실 그가 문학에 발을 들였던 때는 1953년 사범학교에 입학하면서부터였다. 당시 학교에는 새 교육 바람이 불어 자치회와 클럽활동이 활성화되고 신문사와 방송국이 막 생기던 때였는데 딱히 가입하고 싶은 동아리가 없던 그는 문예부를 선택했다. 그때부터 의욕이 생겨 광주 시내 서점가를 들르고 학생문예란을 찾아 응모하고, 새겨 읽으며 시를 습작하기 시작한 것이다. 시인이 하늘의 별처럼 우러러 보여 시인이 되게 해달라고 어머니 산소에서 기도했던 웃지 못 할 기억도 들려주었다.

'선영'이라는 필명에는 대학 졸업반 때 여행의 추억이 서려 있다고 했다. 고흥 소록도가 주소인 친구에게 이끌려 처음 바다에 갔던 때였다. 어느 황혼녘에 소록도 동쪽 모래밭에서 홀로 시간을 보낼 무렵 조그만 거룻배 한 척이 시야에 들어왔는데, 노을이 내린 바다에서 붉게 젖은 할머니가 노를 젓고 열서너 살 소녀는 잇달아 바가지로 물을 퍼내고 있었다고 했다. 가물가물 금산 쪽으로 멀리 사라져 가던 그 거룻배가 오랫동안 잊히지 않아 '배 그림자' 곧 '船影'이란 필명을 갖게 된 것이다. 등단 직후 선배 문인으로부터 여성 이름 같기도 하고 배우 이름 냄새도 나니 바꾸는 게 좋겠다는 말을 들어, 본명을 적고 필명은 괄호 속에 넣어 보냈는데 문예지나 신문사에서 본명을 지워버렸던 일화도 건넸다.

반세기를 지나온 그의 시에는 "한겨울 차운 가슴을 소신하여 뎁혀주는"「검은 탑」 따뜻한 정서가 배어 있고, "상처가/ 희망을 일구"「황소」어가는 아름답고 힘겨운 과정이 담겨 있다. 1987년 6월 항쟁의 슬픔과 분노의 현장을 그린「휘파람새에

관하여」와 「귀성록」을 비롯하여, "깔크막/ 얼음 포장길/ 새벽
이 거푸 무너지는"「겨울 달동네」 풍경을 스케치하며 현실에 대
한 비판적 시각을 정형의 리듬 안에 넣기도 한다.

　제7회 고산문학대상 기념시집 『쓸쓸한 절창』(문학들, 2007)
에 담긴 이 시는 자연과 친화하여 살아가는 아름다운 풍경을
그리고 있다. 새의 지저귐이 깊은 산과 맑은 물길을 더욱 깊고
맑게 만들면서 득음의 경지에 이르는 과정은 우리가 잊고 사
는 자연풍경을 되살려 놓는다. 산 푸르고 골 깊은 산에서 귓가
에 쟁쟁하게 들려오는 한 마리 새 소리는 푸른 산이 더욱 푸르
러 보이고 깊은 골이 더 깊어지는 풍경의 깊이를 만나게 한다.
"벼랑 앞 울창한 고요"와 "적막"에 "점정點睛하고 드리는 소
리공양", 그 혼신의 소리에 쌓여 풍성해진 풍경을 감각적으로
노래하며, 대자연속에 우리가 있음을 넌지시 알려준다.

　"시는 제 평생 도반이자 생의 축軸이에요." 과거 어느 때보
다도 시를 가까이하고 있다는 시인에게서 시는 곧 숨소리와
같은 것임을 알 수 있었다. 시를 가까이하는 동안 '사무사思無
邪'를 느낀다는 그는, 근래 '눈물 치유'라는 말을 듣고 '시 치

유'를 생각했다고 한다. 날마다 마음을 적시는 시를 찾아 읽으면 몸과 마음이 마치 치유가 되는 느낌이 드는 것일까. 시로 말미암아 아픈 시간이 치유되고, "꿈의 날刀 번쩍이"「꿈꾸는 숫돌」는 시를 계속 쓰시기를 고대해 본다.

# 시골길 또는 술통

송수권

자전거 짐받이에서 술통들이 뛰고 있다
풀 비린내가 바퀴살을 돌린다
바퀴살이 술을 튀긴다
자갈들이 한 치씩 뛰어 술통을 넘는다
술통을 넘어 풀밭에 떨어진다
시골길이 술을 마신다
비틀거린다
저 주막집까지 뛰는 술통들의 즐거움
주모가 나와 섰다
술통들이 뛰어 내린다
길이 치마 속으로 들어가 죽는다.

# 시골길에서 부르는 고독한 영혼의 노래

"나에겐 삼다三多 삼무三無가 있습니다. 낚시, 커피, 담배를 삼다三多라 하고, 인터넷, 신문 안 보기, 운전 않기를 삼무三無라고 합니다." 이메일로 보낸 인터뷰 질문에 송수권(宋秀權, 1940년생) 시인은 답 메일 대신 전화를 걸어 왔다. 이메일을 아예 배우지 않기로 작정해 워드도 할 수 없다고 한다. 심지어는 지리산 빨치산 애기를 다룬 대서사시집『달궁 아리랑』700매 원고도 육필로 완성했을 정도이니 그의 고집을 짐작할 만하다.

그는 1975년「山門에 기대어」로 등단한 이래 지금까지 향토색 풍경과 토속의 빛깔로 전통 서정의 맥을 이어오고 있다. 그는 "시란 고독한 자기 영혼과 만나 대화하는 작업"이라고 했다. 한밤중 적막과 고독, 슬픔 앞에서 자신을 직면할 때 우리는 자기 영혼을 만날 수 있다는 것이다. 그의 시는 향토적 정서가 물씬 풍기는 유년의 시골길에서 태어난다. 고개를 몇 개씩이나 넘어 20리 길을 걸어 다녔던 중학교 시절에도 그는 시가 무엇인지도 모르고 시인이 되어 보겠다는 생각도 하지 않았다. 그런데 훗날 시인이 되어 이 길에서 만났던 사람과 자연을 시로 노래하게 된 것이다.

시인은 당시 그 길에서 읽은 유일한 책『장발장』을 기억해내며 소설 속 여주인공 코제트라는 소녀와 닮은 한 여학생을 짝사랑했음을 고백했다. 아랫마을에 산 그녀와는 갈림길이 합해지는 신작로에서 만나 내리 3년을 같이 다녔지만 한 번도 이야기를 나눈 적이 없었다. 시「꿈꾸는 섬」은 그 길에서 만난 여학생을 기억하며 쓴 것이다. "말없이 꿈꾸는 두 개의/ 섬은 즐거워라// 내 어린 날은 한 소녀가 지나다니던 길목에서/ 그 소녀가 흘러 내리던 눈웃음결 때문에/ 길섶의 잔풀꽃들도 모두 걸어 나와/ 길을 밝"힌다는 것이다. 지금 그 소녀는 미국에서 살고 있지만. 완도의 금당도 가화리 앞바다에 낚시를 갔다가 눈썹 같은 두 개의 섬이 떠 있는 것을 보고 썼다고 한다.

그의 시「시골길 또는 술통」에서도 소달구지가 덜컹거리고, 비가 오면 황톳물이 벌겋게 넘치는 시골길의 생생함이 묻어난다. 자전거 짐받이에 술통들을 싣고 시골길을 간다. 자갈들이 많은 비포장 시골길에서 울퉁불퉁 바퀴살이 술을 튀긴다. 술통에서 넘친 술을 넙죽넙죽 받아먹은 풀밭과 시골길이 술에 취해 비틀거린다. 이미 술에 취한 시골길이 주모의 치마 속으로 들어가서 죽는다. '치마'는 길 위에서 떠도는 인간의 삶을 감싸주는 따뜻한 고향과 같은 것이다.

그의 시 쓰기는 고등학교 때부터 시작되었다. 문예반 활동을 하며 창작에 몰두한 대신 학과 공부는 뒤처져 낙제를 할 정도였다고 한다. 후에 김동리 선생께서 서라벌예대에 오면 장학생으로 받아 주겠다고 해서 몇 개월간의 교편생활을 접고 상경한 그는 스승인 서정주, 박목월 선생께 시를 배우고자 죽도록 매달렸던 기억을 떠올렸다. 널리 읽혀지고 있는 송수권 시인의 등단작 「山門에 기대어」는 사연이 많다. 이 시는 시인이 어느 여관방에서 갱지에 갈겨쓴 채 응모했던 작품인데 원고지에 쓰지 않았다는 이유로 휴지통에 버려졌다. 그것을 심사 과정에서 이어령 교수가 다시 발견하여 당선된 것이다. "휴지통에서 나온 시인"이란 우스갯소리는 이제 그를 따라다니는 수식어가 되었다.

이 시는 제대하고 온 다음날 어머니 무덤 앞에서 자살했던 동생을 그리며 쓴 시다. 이 시에 등장하는 누이는 그 남동생이다. 어머니가 병중에 낳은 아이로 젖도 못 먹고 할머니 품에서 자란 동생이다. 7세 때 어머니를 여의고 정에 굶주려 고독하게 자란 시간이 있었기에 문학에 대한 열병이 깊었던 것일까? 여전히 시골길 위에서 삼다三多를 즐기며 그때의 추억을 시로 옮기고 있을 그를 떠올려 본다.

# 고요

신덕룡

가지 끝에 매달려 있는 마른 잎도
한때는 새였던 거다
너무 높게 올라가 무거워진 몸
조용히 쉬고 있는 거다
허공과 맞닿은 자리에 연두빛
새싹으로 태어나
세상 바깥으로 깃을 펴고 날던 꿈
곱게 접어 말리고 있는 거다

한여름의 열기로
속살까지 벌겋게 물들이던 꿈, 꾸는 건
가슴 한쪽에 돋는 가시를 품고 뒹구는 일
아득한 생生의 허기를 쥐고 흔드는 일
뼛속까지 비워서야 알았다는 듯
숨고르고 있는 거다

물기 없는 노래로
풀어내고 있는 게다, 겨울하늘에

# 존재의 가지 끝에 매달린 잎 하나,
## 그 생의 비의

    몇 년째 '이명耳鳴'을 앓으며 소리의 감옥에 갇혀 지내는 신덕룡(辛德龍, 1956년생) 시인. 그를 면회하다 보면 제 안에 깊이 뿌리 내린 아픔을 그대로 안고 가는 시인의 모습에 감탄하게 된다. "햇빛 아래 얼굴을 감춘 것들"과 "굳게 입을 다문 것들"이 한꺼번에 뛰쳐나와 "낯선 표정으로 웅성거리는 고요한 길"「길 끝에 서다」을 걸어가는 시인의 뒷모습은 쓸쓸하지만 밝

게 빛난다. 이명 덕분에 얻은 '시詩'라는 값진 보물이 있기 때문이다.

시인이기 이전에 평론가로 화려한 필력을 선보였던 그가 시를 쓰게 된 것은 잃어버린 자신의 존재감을 증명하기 위해서였다. 처음 이명이 찾아 왔을 때, 한동안 생활에 적응하지 못하고 병원만 다니면서 인생에 대한 회의와 절망감을 느꼈다고 한다. 존재에 대한 위기감을 극복하기 위해 붙잡은 시詩는 그가 소리의 감옥에서 용케도 버티고 살아가는 비결이리라.

시집 『소리의 감옥』(천년의시작, 2006)에는 이명의 아픔을 삭이고 피멍의 울음을 닦아내며 자아를 다독이며 홀로 견딘 시간들이 오롯이 담겨 있다. 고요의 가치를 소중하게 생각하는 시 「고요」는 '마른 잎'과 '새'의 이미지 겹침을 통해 황홀감과 허망함이 공존하는 우리 삶의 비의를 일깨워 준다. 시인은 가지 끝에 매달린 마른 잎에서 비상하는 새의 생명력을 확인한다. "너무 높게 올라가 무거워진 몸"은 잠시 날갯짓을 접고 조용히 쉬는 새의 이미지로 마른 잎의 숨결을 느끼게 한다. 연둣빛 새싹으로 돋아나 세상 바깥을 향해 거침없이 날갯짓을 하며 비상을 꿈꾸던 날들은 어느 순간 자신의 상처를 돌아보는 시간으로 바뀐다.

꿈을 꾸는 것은 "가슴 한쪽에 돋는 가시를 품고 뒹구는 일"이며, "아득한 생生의 허기를 쥐고 흔드는 일"이다. 직립의 삶 속에서 꿈을 갖는다는 건 고통 속에서 사는 것이며, 가시가 찌르는 아픔을 견뎌야 하는 것이다. 나무에 매달린 마른 잎을 통해 시인은 비상하는 꿈의 이편에 도사리고 있는 공허한 삶의 끝을 예고한다. 뱃속까지 비워서야 깨달은 것이다. 자신의 육체를 소진한 마른 잎은 그렇게 고요한 울음을 흘리며 아리고 슬픈 일상들을 고요 속으로 불러들인다.

"바싹 마른 풀숲에 엉켜 있던 온갖 속삭임"「그대를 보내고」과 "땅속 깊숙이 억눌려 있던 온갖 신음들"「겨울, 달의 몸」을 만나면서도 시인은 여러 빛깔의 고요를 만나고 그 속에서 온갖 울음소리를 듣는다. 시인의 귓속에서 자글자글 끓는 소리들을 가다듬는 유일한 처방은 침묵하는 것이다. 고요 속에 온갖 소리들을 불러낸 다음 침묵하는 것은 해가 거듭되고 아픔이 깊어질수록 시인 스스로 깨달은 삶의 철학이다. 고요가 자연스러운 것이라면 침묵은 하고 싶은 말을 참는 것이다. 오래되어 곰삭혀지고 삭혀진 말들이 정제되어 나올 때라야 비로소 스스로를 위로하고 타인의 슬픔을 바라볼 수 있는 것이리라.

　"온종일 돌아다니는 핏줄기의 바쁜 일정"「소음측정기」에 여전히 몸의 주파수를 맞춰 움직이면서도, 그는 타인의 슬픔을 매만져 주는 시를 쓰고 싶어 한다. 세속적인 욕망의 노예가 되어 살아가는 우리들에게 "군데군데 멍들어 쪼그라든 복숭아"「파리」같은 이웃들의 쓸쓸함을 껴안는 모습을 보여줌으로써 그는 사람 사이의 정情이 회복되기를 바란다. "불면의 정수리를 사정없이 찔러대"「가시」는 이명은 이제 시인에게 "눈을 뜨면 봄날의 꽃가루처럼 흩어질 하찮은 것들"이다. "긴 겨울밤들을 건너가"「동지」기 위해 스스로에게 걸었던 주문이 비로소 효력을 발휘하는 것이다.

# 호두껍질 속의 별

염창권

껍질 속은 굴곡이 많은 별빛으로 채워졌다
빡빡한 뇌수처럼 생은 좀체 휴식이 없다
별빛을 헤아려본다
부유하는 먼지 같은….


우주는 딱딱한 두개골처럼 소리가 난다
반짝이는 머리통 속 질량은 충분하다
욕정의 신호나 되듯
은밀한 느낌이다.


금기의 강이 있다, 건너지 못하는
미확인의 진실이지만
그들은 서로 잇닿아 있다
별들도 사랑을 나눈다
눈빛을 보면 안다.

호두껍질을 두드려서 잠든 별을 깨운다
기억의 숲 속으로 번개가 지나가듯
어둠이 파동 치며 닭힌다
이젠 추억의 힘이다.

# 마음의 빈 접시에 담겨진
## 일용할 슬픔들

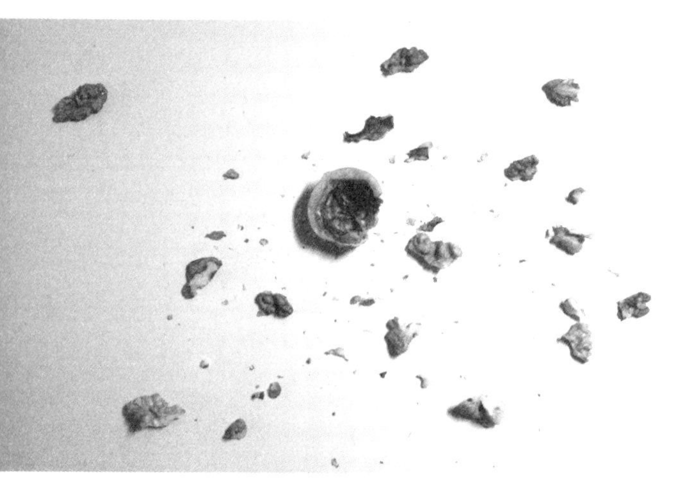

갇혀 있는 것들을 향해 유리창을 연다. 여전히 "적막한 마음의 길들"「감잎」은 슬픔을 견디고 있다. "알처럼 굴러가며" 홀로 견뎌 온 상수리 열매와 "슬픔이 붉게 물든 감잎"은 하늘 접시에 담겨 있다가 한 시절의 이야기가 지듯 지상의 그릇으로 떨어진다. 염창권(廉昌權, 1960년생) 시인은 "허공의 줄타기처럼 아슬하게 출렁이던"「21그램」삶이 잠시 머물렀다 가는 순

간들을 기억하며 우리에게 마음의 빈 접시 하나를 내민다.

"정적 속에서도 온몸을 뒤흔드는 고독한 함성"「숲5」은 늘 시인의 여린 고막을 울린다. 두 귀를 열고 발버둥치는 생의 이야기를 들어주는 일은 "둥글게 내 안의 나를 감싸고 있는 잎맥들"「잎사귀 하나」에 박힌 상처를 어루만지는 일처럼 쓰라리다. 시인은 "걷는 길, 동그랗게 퍼지는 쓸쓸함"「그날」에 이끌려 늘 "불안의 그림자"를 끌고 걸어왔던 시간을 돌아보는 일조차도 버거웠는지 모른다. 고요 속에서도 부풀어 오르는 "일용할 슬픔의 힘"「블라인드」은 오히려 "가로등 불빛 아래 덧니처럼"「나무와 길」 서 있기만 했던 자신의 존재를 '햇살의 길'에 세우는 원동력이다.

전형적인 시골 마을인 보성 복내에서 태어나 가난한 유년기를 보낸 시인이기에 눈부신 "햇살의 길"을 열망했던 것일까. 그가 깔아 놓은 햇살의 길에는 세월을 끌고 온 상처의 부스러기가 고스란히 남아 있다. 지금은 유년의 놀이터였던 보성강의 상류가 주암댐 상류로 수몰되어 헐벗고 좌절했던 그 시절을 수장이라도 시켜버린 듯해서 다행이라고 생각한 적도 있다고 한다. 고향을 떠올리면 늘 아프기만 했던 어머니와 어머니를 닮은 보성강이 떠올라 그다지 즐겁지만은 않았다는 시안. 그런데 지난해에는 가뭄이 들어 수몰된 옛길이 흙먼지를 뒤집어 쓴 채 물 위로 떠올라 가늘고 길게 이어지는 것을 보면서, 아무리 유년기를 감추려 해도 감추어지지 않는 자신의 원형이 되어 있음을 느꼈다고 한다. 시인은 제 속의 "상처받은 영혼을"「바람」위로하고 치유하듯 지상에 닿는 바람과 햇살의 언어로 시를 쓰는 것이다.

『햇살의 길』(고요아침, 2007)에 담겨 있는 「호두껍질 속의 별」은 우리의 '뇌'와 유사한 형상을 한 '호두껍질'의 비유를 통해서 삶은 한 통 속에 담긴 호두알맹이 같은 것이라는 생각을 하게 한다. 아무리 멀리 있어도 서로 응시하는 순간 거리는 가까워지고 그 사이에 오가는 은밀한 삶의 질량 또한 충분해진다. 시ㆍ공간을 넘어서 절절한 만남을 가능하게 하는 것은 두드려서라도 만날 생의 기억이며 추억의 힘일 것이다. 그것은 늘 외로워했던 시인의 유년기와 내부가 비어 피리소리가 울리던 마음이 견딤과 숙성의 시간을 지나 오늘의 삶을 지탱하는 힘줄이 되고 있음을 의미한다.

　보이지는 않지만 세상의 모든 길은 "굴곡이 많은 별빛으로 채워져"있고, 서로 끌어당기며 관계를 형성하는 공간이 우주이며, 또한 삶이라는 것을 이 시는 들려준다. 시인은 '두개골'과 '호두껍질'의 비유를 통하여 결국 사람이 더불어 살아가야 함을 암시하면서 우리 스스로를 돌아다보게 만든다. 단단한 호두껍질 같은 인식의 껍질을 두드리는 시인은, 잠든 별을 부르듯 오랫동안 잠들어 있던 영혼을 흔들어 깨우는 것이다.

　지금 시인은 모처럼 "소란스러운 햇살의 날"을 만나 "얼음 이불"을 걷고 있을 것이다. "말라붙은 뚜껑을 열고 고개 내미는 새순들"「위로」을 만나기 위해서이다. 그는 서서히 우리 마음의 빈 접시에 따사롭고 밝은 햇살의 등을 켠다.

# 그릇

오세영

깨진 그릇은
칼날이 된다.

절제와 균형의 중심에서
빗나간 힘,
부서진 원은 모를 세우고
이성의 차가운
눈을 뜨게 한다.

맹목盲目의 사랑을 노리는
사금파리여,
지금 나는 맨발이다.
베어지기를 기다리는
살이다.
상처 깊숙히서 성숙하는 혼魂

깨진 그릇은
칼날이 된다.
무엇이나 깨진 것은
칼이 된다.

# 사금파리로 깨어져 성숙하는 상처의 힘

오세영(吳世榮, 1942년생) 시인은 오늘도 나침반 하나만 들여다보면서 먼 바다를 항해 중이다. 그의 "테이블은 고독한/ 밤바다,/ 원고지는 그 바다에 뜬 목선木船"「시작詩作」이다. 1968년 등단 이후 40여 년 넘게 물살이 거센 한국시단의 바다를 항해하면서 그는 물질주의에 둘러싸인 현실의 폭력성을 여러 가지 목소리로 전달해 왔다. 알레고리를 통해 자신이 몸담은 시

대의 부조리함을 폭로하거나, 인간의 실존적 고뇌를 드러내는 등 현실과 인간에 대한 사랑을 서정적으로 노래해 왔다.

"나이가 들면서 나의 삶이 나의 삶만이 아니라는 자각을 하게 됩니다." 그가 2010년 11월에 받은 한국예술상 수상소감의 첫 마디다. 이 세상에서 홀로 된 것도 없고, 또 홀로 살 수도 없다는 깨달음, 모두가 누군가의 보살핌으로 이루어진 것들이었음을 칠순을 바라보는 나이에 알게 되었다면서 자신이 우매함을 탓하던 그의 모습이 떠오른다. 이제야 비로소 자신의 얼굴이 보이고 무엇인가를 시로 쓸 수 있을 것 같다는 시인. 그는 끊임없이 자신을 만들어 준 이 세상 모든 것들에 고마움을 전한다.

그는 전남 영광 묘량면 삼효리에서 무녀독남 유복자로 태어나 백일이 지난 뒤부터 장성 필암서원 근처에 있는 외가에서 자랐다. 광주와 전주 등지를 옮겨 다니며 청소년기를 보낸 그의 선비적 동경은 외가에서, 예술적 동경은 고독했던 환경에서 길러진 것이라고 한다. 학교를 자주 옮긴데다 내성적이어서 별다른 추억 하나 만들지 못했지만 홀로 있기를 좋아해 책을 많이 읽었다고 한다. 고등학교 때는 전교 백일장에서 장원하며 문학적 재능을 드러내기도 했다.

그러나 한국전쟁으로 집안이 몰락해 대학 진학을 포기하고 잠시 방랑을 했던 그는 서울에서 아르바이트를 하면서 진학을 꿈꾼다. 독학하여 서울대 국문과에 합격하고 모교 은사들의 성금으로 등록을 했다고 한다. 그는 "사는 길이 높고 가파"를 때마다 "하얗게 부서지는 파도"를 생각한다. "스스로 자신을 낮추는 자가 얻는 평안이 거기 있"「바닷가에서2」기 때문이다. 또한 그는 사는 일이 슬프고 외로울 때면 수평선 멀리 있는 섬을 본다. "스스로 자신을 감내하는 자의 의지가 거기 있"기 때문이다. 슬픔을 다스릴 줄 알기에 그 오랜 항해의 외로움과 쓸쓸함을 견디며 시를 쓴 것이 아니겠는가.

그의 시「그릇」에서 깨진 그릇은 "절제와 균형의 중심"에서 "빗나간 힘"으로, 중용이 사라진 상태를 암시한다. 그릇이 깨져서 "칼날"이 된 상태는 왜곡되고 경직된 사상을 강요한다. 조화와 질서를 상실한 "부서진 원"은 "모를 세우"는 날카로운 이미지를 만들어내면서 획일화되고 편향된 사고를 의미하는 "이성"의 눈을 뜨게 한다. "맹목의 사랑" 역시 획일적인 사고방식을 의미한다. "지금 나는 맨발"이며, "베어지기를 기다리는" 존재라는 고백을 통해 화자가 구속당하고 억압당하는 수동적인 존재임을 보여준다. 1974년 유신독재의 서슬이 시퍼렇던 시절 그가 겪어야 했던 사실들은 민주주의라는 절제와 균형의 힘이 상실된 깨진 그릇이 되어 그에게 상처를 주었던 일이다. 이 시는 절제와 균형의 힘을 잃은, 민주주의라는 깨진 그릇이 칼날이 됨으로써 "맨발"로 "베어지기를 기다리는 살"이 되어야만 했던 체험적 고백이다.

오세영 시인의 시는 이렇게 존재의 상처를 들여다보는 데서 출발한다. 그는 오늘도 "등대처럼 깜빡이는 스텐드의/ 불빛 아래서/ 먼 해조음海潮音을"「시작」 들으며 시를 쓸 것이다. "한 생을 진흙탕에서 뒹굴며/ 안으로, 안으로 삼켜야 하는 그 붉은 눈물"「시인2」을 흘리고 있을 것이다.

# 돌확

유강희

자식 일곱을 뽑아낸 이제는 폐문이
되어버린 우리 어머니의 늙은 자궁 같은
오래된 돌확이 마당에 있네
귀퉁이가 떨어져나가고 이끼가 낀 돌확은
주름 같은 그늘을 또아리 처럼 감고 있네
황학동 시장이나 고풍한 집 정원에는 제법 어울릴지도
모르지만
비가 오면 그냥 비를 받아먹고
눈이 오면 또 그냥 눈을 받아먹으며
뿌리를 내릴 생각도 않네
뿌리 대신 앉은 자리엔 쥐며느리들만
오글오글 세월처럼 모여 사네
하지만 지금 돌확 속엔
내가 싸릿재 저수지에서 잡아온 새끼 우렁 하나
돌젖을 빨아먹으며 자라고 있네
돌젖에 눈물처럼 금이 가 있네

# 가난하게 떠도는
## 생명들의 쓸쓸한 목덜미



　이 세상의 모든 길 앞에 놓인 쓸쓸함을 사랑한다는 유강희(柳康熙, 1968년생) 시인. 그가 건져 올린 따뜻한 시어들은 "꽃의 뒤통수처럼 적막한"「외딴집」 시골 풍경들을 동그랗게 감싼다. 식은 고구마를 먹으며 가난했지만 뜨거움이 뭔지를 알고, "모기장처럼 푸른 그물문 앞에 쭈그리고 앉아 … 오리들의 꽉꽉거리는 울음소리를"「오리막1」 들었던 기억이 생생하게 살아있는 고향인 전북 완주 구이에도 지금은 그 고즈넉한 풍경이 허물어지고 콘크리트 구조물들이 버젓이 들어서 있다. 어릴 적, 좋아하던 여자아이가 살던 마을이나 추석날 영화를 보기 위해 몰래 전주행 버스를 탔던 동네 형들의 자취, 꼽추 누이가 살던 이웃 가게도 이미 사라지고 없다.

　서른이 훌쩍 넘은 시인에게 밥 많이 먹어야 키가 큰다고 말씀하시던 외할머니의 음성과 추석 무렵이면 어김없이 들리던 아버지의 낫 가는 소리도 몇 년 전부터 그리운 추억이 되었다. 시인은 "지금은 사라진 큰길 옆 주막 빈지문 같은 그 길"「억새꽃」들을 지나면서, "죽어서도 슬픔의 긴 굴뚝을 통과하지 못하는 서러운 굴뚝새"「굴뚝새 그 집」 같은 노인들의 빈집을 둘러보고 스스로에게 위로하듯 시를 쓴다.

　"서 있는 그 자체로 시를 쓰시는 살구나무 할아버지"「살구
나무 할아버지」와 "감나무가 있는 빈집"을 거치고, "밤골 할매"
와 "밤골 할아버지"의 그리운 그림자를 돌아보는 시인. 그는
기억의 뿌리가 닿아있는 집들을 한 집 한 집 들여다보며 차갑
게 식은 내부에 온기를 불어 넣는다.
　쓸쓸함과 적요의 뒤편에 숨겨진 꿈틀거리는 생명을 만나
는 기쁨은 시「돌확」에도 담겨 있다. 『오리막』(문학동네, 2005)
에 들어 있는 이 시는 때까우, 기러기, 토끼, 닭 그리고 강아지
와 함께 최근까지 몸담고 살았던 전북 김제 밤골에서 쓴 시 중
의 하나이다. 마당에 그늘을 두르고 있는 돌확은 일곱의 자식
을 낳고 폐문이 되어 버린 어머니의 늙은 자궁에 비유되어 있
다. 오래되어 이끼가 긴 돌확에는 더 이상 생산하지 못하는 우
리 늙은 어머니들의 상처 가득한 슬픈 삶이 겹쳐져 보인다. 눈
과 비를 받아먹으며 마당에 남아 있는 오래된 돌확은 더 이상
곡식을 찧기 위해 쓰이던 돌확이 될 수 없다. 세월이 지나 그
것은 본래의 목적을 잃어버리고 버려진 존재로 자리하고 있는
것이다.

돌확은 뿌리 내리는 삶보다는 자신을 둘러싼 생명들에게 삶의 자리를 내줘버린 어머니의 모습을 보여주고 있는 것은 아닐까? 오글오글 모인 쥐며느리들로 눈물의 세월을 증명하던 돌확에 지금은 싸릿재 저수지에서 잡아 온 새끼 우렁 하나가 돌젖을 빨아먹으며 자라고 있다. 돌젖에 눈물처럼 간 금은 자식들 다 떠나보내고 홀로 된 삶의 자리에 남겨진 흔적이다.

시인은 눈물처럼 금이 가 있는 돌확에서 자라는 새끼 우렁이를 통해 하나의 생명이 자라기 위해서는 얼마나 많은 것들이 닿아 있어야 하며, 또 필요한 것인가를 생각하게 한다.

시인은 한 겨울, 방안으로 들어온 쥐가 쥐덫 안에서 새끼를 낳는 모습을 보고 생명의 엄숙함을 배웠다고 한다. 죽음을 앞두고도 생명을 지키려는 어미 쥐의 모습은 시인에게 밟히고 찢겨진 가난한 풍경들 속에도 치열하게 움트는 생명이 있음을 일깨워 준 소중한 기억이다. 그는 허기진 영혼들에게 자신의 시가 한 솥의 뜨거운 밥이기를 꿈꾼다. 이러한 시인의 아름다운 마음으로 인하여 우리는 "쓸쓸한 세상의 저녁 따뜻한 아랫목"「참깻대」에 잠시나마 몸을 녹일 수 있을 것이다.

# 해남 나들이

윤금초

대둔사 장춘구곡
살얼음도 절로 녹아
마애여래상의 광배光背를 입고 서서
땟국을, 홍진紅塵 땟국을
헹궈내는 아낙들.


그 옛날 유형流刑의 땅 남도 끄트머리.
백연동 외진 골짝 고산孤山 고택 녹우단의 겨우내 움츠린
목숨, 풀꽃 같은 백성들아. 직신작신 보리밭 밟듯 돌개바람
휩쓸고 간 동상의 뿌리에도
무담시 발싸심하는 봄 기별은 오는가.


개펄 가로지른 비릿한 저 해조음.
뱃머리 서성이는 털복숭이 어린 것의
소쿠리 크나큰 공간

산동백이 그득하다.
새물내 물씬 풍기는 파장의 저잣거리.
어물전 세발낙지, 관동 명물 해우도 불티나고
텁텁한 뚝배기 술에 육자배기 신명난다.

‘육자배기’ 시조 가락,
그 신명의 내재율



윤금초 시인(尹水初, 1942년생, 본명: 윤금호)은 ‘금초’라는 필명을 쓰게 된 계기를 들려주며 말문을 열었다. 초등학교 담임선생님이 출석을 부를 때 ‘호’자를 갈겨 써놓은 것을 ‘초’로 잘못 읽어 ‘금초’라고 부른 것이 계기가 됐다. 그 이후 ‘금초’라는 이름으로 자연스럽게 불리게 되었고 필명으로까지 사용하게 된 것이다. 처음 한자 표기는 ‘尹水艸’였는데, 김상옥 시인이 “이름의 이미지가 너무 여리여리해 보이고 섬약해 보이니 옆구리에 칼을 하나 차라”고 하며 ‘初’로 고쳐 준 것이다.

과연 이름 때문일까? 시인은 올 해로 44년째 우리 고유의 문학 장르인 시조문학을 건강하게 지켜왔다. 선대에서 물려받은 시조의 정신을 현대적 감각으로 변용하면서 늘 변화를 꾀했던 그의 창작열정은 자신이 운영하는 시조창작 교육기관 ≪민족시사관학교≫ 수강생들에게 고스란히 전해진다. 그는 시조가 “몸 낮출수록 우람하게 다가서는 저 산빛”「중원, 시간여행」이어야 한다고 말한다. 시조의 자수를 따지기보다는 그 안에 담는 내용이나 가락이 중요하다고 생각하여 「내재율」이라는 작품을 쓰기도 했다. 그는 시조문학이 외형에 제약을 받는 닫힌 문학이 아닌 열린 문학이기를 바란다.

사실 그는 처음엔 소설을 썼다. 고등학교 때, 전국고교생 문예콩쿠르에서 단편소설로 가작을 한 계기로 대학에서도 계속 소설을 썼다. 그런데 하루는 박목월 선생께서 자신의 시 습작 원고를 보면서 "자네는 시조 쪽에 호흡이 가까우니 시조를 한 번 써보게"라는 말씀을 하신 것이다. 그 순간 그는 자신이 고산 윤선도 후예라는 각성과 함께 그에 대한 동경 혹은 일종의 의무감에 시조를 써야겠다는 생각이 들었다고 한다.

윤금초 시인이 자란 해남 화산면 갑길리에는 가끔 사색을 하던 언덕바지, 동백나무에 올라가 동백 꿀을 온종일 빨아먹고 서리도 하던 풍경이 그대로 남아 있다. 고향은 시인을 문학의 길로 인도해 준 자양분이다. 실로, 그는 해남과 주변 이미지를 많이 그려왔다. 시「해남 나들이」역시 "그 옛날 유형의 땅 남도 끄트머리"인 해남에 생명의 기운이 번지는 봄 풍경을 노래하고 있다. 한때 "겨우내 움츠린 목숨", "풀꽃 같은 백성들"이 살아 온 외진 골짝에도 봄기별은 오고 비릿한 해조음과 산동백의 향기가 시인을 반긴다. 적막이 감돌던 땅끝에 육자배기 신명나는 봄의 가락이 진동하는 것이다.

또한 해남 우항리의 공룡 발자국 화석을 소재로 한「백악기 기행」, 어렸을 때 배고픈 기억을 떠올리며 쓴「아직은 보리누름 아니 오고」, 한여름 밤 대흥사 피안교 밑 개울가로 놀러 나온 아낙들이 옷을 훌훌 벗어던지고 멱을 감는 모습을 곁눈질하던 느티나무가 벌거숭이 여인네들 속살 보기가 송구하여 가슴을 천년토록 쓸어내리다 저렇게 텅 빈 나무가 되었다는 상상을 하며 쓴「대흥사 속 빈 느티나무」 등 숱하게 많다.

그는 바닥에 엎드려서 두 팔로 상체를 지탱하며 글을 쓰는 습관이 있다. 이런 습관 때문에 양쪽 팔꿈치에 옹이가 박히고 글 쓸 때 입는 서츠 양쪽 팔꿈치는 다 해졌다고 한다. 컴퓨터가 보편화되었지만 엎드려서 백지 위에 초안을 쓴 다음 컴퓨터에 옮기고 몇 차례나 퇴고한다. 글감이 바닥이 나면 소재 발굴을 위해 책을 읽으면서 이른바 '우물 파기 작업'을 한다. 시가 다가오기를 기다리는 것이 아니라 새로운 금광金鑛을 찾아 시추 작업에 나서는 것이다. 오늘도 땅끝 같은 방바닥에 엎드려 깊은 시심에 빠져 있을 그를 떠올려 본다.

# 달 목공소 1

## – 어느 늙은 목수 이야기

윤석정

노인은 달을 두드린다 곧 고집스러운 슬픔의 무늬가 드러난다 두드린 횟수가 촘촘할수록 거칠어진 숨이 느려진다 하루가 지나면 달에 들 수 있다

노인은 달에 피어난 고름을 모조리 파낸다 짓무른 곳곳에서 절망의 검불이 가벼이 떨어진다 노인은 이마 주름을 만진다 줄지어 드러누운 길이 어둠 속으로 꼬리를 뻗는다

달의 살점에서 떨어진 별들이 바람을 건디고 길은 더 깊숙이 생의 안쪽으로 파고든다

노인은 불안하게 흔들린다 바람이 달빛에 스민다

달은 무늬가 완고한 이마에 손을 얹더니 노인의 숨결을 더듬는다 두드리는 횟수가 잦아들자 달은 조금씩 작아져 노인의 손에 잡힌다

# 달빛을 수신하는 가파른 골목

　여기 "태어난 적이 없는 언어를 찾아 떠도는"「봉도蓬島」 윤석정(尹錫汀, 1977년생) 시인이 있다. 그가 먼저 하는 일은 "물렁물렁한 착상"「물렁물렁한 물고기」을 주무르는 일. 그것은 "손에 잡히면 금방 증발하거나 흐느적거리며 내려앉는 형상"이 된다. 이렇게 유산시킨 영혼들이 담긴 팔레트에 "물고기 뼈를 고아서 만든 아교"를 섞는다. 그 찰진 표면에 영혼의 입김을 불어 넣고 상상을 버무리지만 생명을 잉태하기란 그리 쉽지 않다. 수없이 "덜 여문 태아"의 주검을 낳으며, "알아볼 수 없이 통통 불어난 형상"을 만지는 일을 반복해야 한다.

　오랜 진통 끝에 낳은 싱싱한 언어들이 시집 『오페라 미용실』(민음사, 2009)에 들어 있다. "병세를 자르지 못한" 어머니와 여전히 삶의 "연주가 서툰 아버지", "악보에 없는 동네 사람들"로 미용실은 북적인다. 벽에는 "오래된 달력의 빈 칸칸처럼 낡아 빠진 창문"「골목들」이 걸려 있고, 그 너머에선 간간히 "쪽방 두어 평에서 살아가는 짐승"의 울음이 들린다. 이 골목의 내력을 기록하기 위해 그는 "오래 엎드려" 여러 밤을 샜으리라.

한때 잠시 머물던 전북 완산의 모악산 근처, "낮게 웅크린 이웃집"「집고양이2」 마당에서 그는 "고물 라디오와 별자리처럼 가지런히 누워 있는 고양이 뼈"「집고양이3」를 본다. 집 주인도 얼마 전에 세상을 떠났다는 이야기를 듣고 빈집에 나뒹구는 고장 난 라디오가 살아있다는 생각이 들었다고 한다. 끊임없이 이 세계와 저 세계의 신호들을 수신하는 듯한 느낌과 홀

러간 시간 속에 고스란히 남겨진 이 풍경을 그는 꼼꼼히 기록한다.

달이 차오르고 작아지는 변화를 떠올리면서 저물어가는 늙은 목수의 생을 묘사한 시 「달 목공소1」은 목수로 보내는 한 사람의 일생을 달의 이미지로 깎아낸 감각적 결실이다. 노인은 목공을 하듯 달을 두드린다. 끊임없는 두드림으로 달은 원래의 모습을 찾아가고 노인이 만들어 온 생의 무늬는 주름으로 드러난다. 달에 피어난 고름을 파내자 짓무른 곳곳에서 절망의 검불이 떨어진다. 깎아낸 세월만큼 숨은 느려지고 바람을 견뎌 온 날들이 거침없이 흔들리는 동안 노인은 점점 작아진 달을 만든다. 점점 작아져 그의 손에 잡힌 달은 스스로를 깎으며 살아 온 노인의 삶을 생각하게 한다.

"담벼락에서 꾸벅 졸고 있는 의자"「국적 불명인 의자」에 걸터 앉아 그는 부모님을 졸라 구입한 오토바이를 "바람이 되려고 줄꾼처럼"「바람난 오토바이」 타고 달리다 맞은편에서 오던 경운기를 피해 논으로 추락했던 어린 시절을 회상한다. 유독 불놀이를 좋아해 동네 친구들과 소방훈련을 하며 놀다 외가의 밭을 태웠던 유년기의 겨울도 함께 끌어온다. 그에게 유년의 들판과 "가파른 골목들", 귓가를 맴도는 "눅눅한 말들"은 모두 삶의 소중한 가치를 증언하는 것들이다.

전북 장수군 산서면 오산리 산골에서 자란 탓으로, 오로지 TV에서 접한 명화와 『죽은 시인의 사회』라는 영화를 통해 시인의 꿈을 키웠던 그는 누구에게나 삶은 가치 있는 것임을 곱씹으며 그 가치를 진정성 있는 시로 담아내고 싶다고 한다. 아직 가보지 않은 세계에 대한 탐구정신으로 시의 영역을 넓혀가며, 그는 여전히 " 굴에서 아직 발설하지 않는 씨방을 천천히"「난해한 독서」 읽어가고 있을 것이다.

# 귀가 서럽다

이대흠

강물은 이미 지나온 곳으로 가지 않나니
또 한 해가 갈 것 같은 시월쯤이면
문득 나는 눈시울이 붉어지네
사랑했던가 아팠던가
목숨을 걸고 고백했던 시절도 지나고
지금은 다만
세상으로 내가 아픈 시절
저녁은 빨리 오고
슬픔을 아는 자는 황혼을 보네
울혈 든 데 많은 하늘에서
가는 실 같은 바람이 불어오느니
국화꽃 그림자가 창에 어리고
향기는 번져 노을이 스네

꽃 같은 잎 같은 뿌리 같은
인연들을 생각하거니

귀가 서럽네

# 주름진 울음의 거주지,
## 귀를 들여다보는 시간



　　이대흠(李戴欠, 1968년생) 시인에게 전남 장흥 만손리의 고향은 "명절 전날이면 신작로 쪽으로 몸이 쏠린 노인들이/ 그 나무 아래에서 웅성거리"「젖몸살」며 자식들을 기다리던 끈끈한 유대감의 원형이며, 어머니의 눈물겨운 삶과 깊은 주름이 만져지는 애잔한 공간이다. 시인에게 '어머니'라는 말은 "입이 울리고 코가 울리고 머리가 울리고/ 이내 가슴속에서 낮은 종소리가"「어머니라는 말」 울리는 아픈 단어이다.

　　"오래된 것들은 지나온 세월만큼 얼굴이 검"다 했던가. "하찮은 것도 쉬이 흘리지 못하고 받아들인 덕분"「시간의 뿌리」에 어머니의 얼굴은 늘 검고 웃은 먹색이었다. 그만큼 어머니의 내면에는 울음이 깊었다. 시집올 때 끄집고 왔던 "구강포 너른 뻘밭", "길게도 잡아당긴 탐진강 상류에서/ 당겨도 당겨도 무거워지기만 한 노동의 진창"「바닥」에서 어머니의 손을 거치지 않는 곳은 거의 없을 정도다. 바닥을 향해 온 몸을 던졌던 그녀 삶은 시인의 마음에 잔잔하게 번지는 슬픔과 그리움이 되었다.

　　시인이 처음 밥을 짓기 시작한 것은 여덟 살 때였다. 어머니가 논일 가시면 "가마솥에 밥 안치고", "가래나무로 불을 때면 싸게 인 불이 화르릉 타오르고/ 넘는 불 부지깽이로 다독이다 보면/ 솥뚜껑 아래로 주르륵"「낯익은 빗방울」 눈물이 흘렀다. 그 눈물의 감촉을 혀끝으로 느끼며 눈시울을 붉히는 시인. "버려부써요!"라는 한마디 말에 "이녁 식구가 묵던 것인디" 어쨌다냐며, "남긴 밥과 식은 밥 한 덩이를/ 미역국에 말아 후루룩 드"시던 어머니를 바라보며, "그래서 나는/ 어미가 되지 못하는 것"「밥과 쓰레기」이구나 생각했다고 한다.

시집 『귀가 서럽다』(창비, 2010)의 표제작인 이 시에는 시인에게 꽃과 잎과 뿌리였던 원형적 공간과 슬픈 시간에 대한 그리움이 녹아있다. 과거를 목숨 걸고 고백해 본 사람이야말로 슬픔을 자연스럽게 받아들일 수 있다. 시인은 울혈 든 시간을 황혼의 이미지 속에서 만난다. 슬픔을 아는 자가 보는 황혼의 빛깔이 다른 것처럼 상처를 입은 자는 저무는 풍경을 따뜻하게 품어줄 수 있다. 이 저녁, 살갗을 스치는 "가는 실 같은 바람"과 창에 어리는 "국화꽃 그림자"는 그만큼 오랫동안 아팠을 시간을 몸소 체감하게 하며 긴 세월 속에서 다져지고 단단

해졌을 시간의 뿌리를 보게 한다. 그리운 고향 마루와 어머니의 주름진 시간이 저녁바람으로 번지며 귓불을 매만진다.

그는 '엄마'라는 말과 '맘마'라는 말의 어원을 같은 곳에서 찾는다. 여자가 인격이라면 어머니는 신격이란다. 그에게 어머니의 존재는 인간이 아닌 절대적인 신이었던 것이다. 7남 1녀 팔 남매인데 아예 일할 줄 모르는 아버지 덕분에 지게질이며, 농사일은 다 어머니의 몫이었다. 그 분주한 삶 가운데서도 어머니는 새벽까지 잠들지 못하고 아버지의 옷을 다리고 다듬이질을 했다. 아버지의 정갈한 차림 탓에 읍내에서 아버지를 아는 분들은 자신의 집이 부자인 줄 알았다고 한다.

동네 앞에서 울고 있으면 집으로 데려 가곤 했는데 그럴 때면 다시 동네 앞까지 꼭 나와서 계속 울었을 정도로 고집이 세었던 시인. 그는 요즘 제주에서 지낸다. 그리움에 서걱거릴 때면 한라산을 찾거나 오름에 오른다. 그리고 "울컥울컥 돋는 설움이 도톨도톨 알맹이로 뭉쳐 굳어지도록" 「옥수수 곁으로」 그는 시를 쓴다.

# 선암사에서

이은봉

순천에서 칠 십리, 선암사 절 방에서
하루를 묵고 하루를 묵는다


반들반들하니 때 절은 벽지들이 외로운
이 방, 나는 팔베개를 하고 누워
온종일 누리를 덮어오는 장마비며
여기 낡은 산사를 생각한다
담장 끝에는 목탁새 한 마리
슬픈 낯빛으로 울다 가는데
무엇이 세상이며, 저 자연을
한꺼번에 일그러뜨리고
한꺼번에 일으켜 세우는가를
배운다 그러다 보면 마음속으로
우르르 꽝꽝 천둥이 치고
뭉게구름 가득 솟아오른다

저쪽 대웅전 마당가에서는
젊은 중들이 비를 맞으며
또또 은밀한 웃음을 찢어 나눈다.

# 숲에서 울다 간 목탁새 한 마리, 때절은 외로움

　　이은봉(李殷鳳, 1953년생) 시인의 시는 삶의 외로움을 포착하는 풍경 속에서 따뜻한 인간애를 꿈꾸게 한다. "저만치 자라고" "저만치 꽃피고 있"「무등산-갈대꽃」는 설움의 세월들을 사랑과 연민으로 껴안고자 하는 시인의 열망은 "수제비 한 사발 뜨끈뜨끈/ 멕여 주"「좋은 세상」는 좋은 세상이 오기를 바라는 마음에서 더욱 절실하다. 시인은 "연탄재 라면봉지 시멘트 조각 속"「봄 여름 가을 겨울」에서 몸을 떠는 온갖 생명들에게 온기를 주고 '아침 이슬처럼 아프게 맺혀 있는 그리움 하나'가 키운 순간들을 소중하게 기억한다.

　　시인의 말처럼 "진실을 껴안고 있는 좋은 시는, 고통으로 지쳐 있는 사람의 눈으로만" 들어오는 것이기에 그가 끌어안는 낱낱의 사물들이 그렇게 애틋하고 안쓰럽게 보이는 것이리라. 시인의 내면에 똬리를 틀고 있는 절망의 꽃들과 외로움의 잎들은 "제 아픈 상처, 저 혼자 어루만지"는 과정에서 수없이 피었다 지며 시어의 향기를 품어낸다. "너로 하여, 네 가난한 마음으로 하여"「패랭이꽃」 환해져 오는 세상을 만나기 위해 시인은 늘 책상 앞에 앉아 시가 오기를 기다린다. 시는 유독 부끄러움이 많아 혼자 있는 시간에 조용히 문 두드리고 찾아온다는 시인의 말을 떠올리면 밤 깊도록 삶의 풍경과 나누는 시인의 은밀한 대화가 얼마나 진지할까 짐작이 간다.

시「선암사에서」는『봄 여름 가을 겨울』(창비, 1997)에 실려 있는 작품으로 시대의 절망을 끌어안고 고민하던 시인의 진지한 사유와 성찰의 시간이 고스란히 담겨 있다. 시인의 말에 의하면 이 시는 1980년대 후반, 분화되어 가는 사회의 모습에 안타까워하며 사나흘 선암사에서 보냈던 시간을 담았다고 한다. 혼란한 세상을 위해 아무것도 할 수 없는 죄책감을 두른 시간들이 켜켜이 쌓여있는 것이다. "때 절은 벽지들이 외로운 이 방" 여기저기의 무리에도 섞이지 않는 시인의 마음은 좀처럼 편하지 않다.

외로움과 쓸쓸함을 덮고 빈 방에 몸을 누인 시인은, "온종일 누리를 덮어오는 장마비"와 "낡은 산사"를 생각하면서 슬픈 낯빛으로 오는 목탁새의 울음소리를 듣는다. 선암사의 슬픈 표정들을 바라보며 "무엇이 세상이며, 저 자연을/ 한꺼번에 일그러뜨리고/ 한꺼번에 일으켜 세우는가"를 비로소 깨닫게 되는 것이다. 그 추운 시대의 불화를 자연의 조화로움으로 치유하고자 하는 시인의 바람은 바로 우리 자신 안에 성찰의 거울이 있다는 것을 각성케 하는 것이리라. "천둥이" 쳤다가도 "뭉게구름 가득 솟아오"르는 마음의 교차점에서 "은밀한 웃음을 찢어 나"누는 것은 우리 모두가 고통을 견디기 위해 사랑을 나눠야 한다는 것을 의미한다. 살가운 웃음이 사라져버린 암담하고 건조한 현실에서도 온정을 나누길 기원하는 시인의 염원이 아닐까.

시인은 "뒤뚱대는 몸으로 한평생을 꿈틀거릴지라도, 알뿌리들 자라 둥글게 익을 때까지는, 쉬엄쉬엄 담 넘어가는 굼벵이로 살"「알뿌리를 키우며」겠다고 다짐한다. 어깨동무를 하고 오는 '절망'의 무리들이 "이 세상 절대 권력"「절망은 어깨동무를 하고」이 될 지라도 흙더미 속에서 크고 있을 무수한 생명들을 가슴으로 부르며 사랑으로 어루만질 것이다. "제 몸에 낡고 오래된 책을 숨기고 있"「책바위」는 바위처럼 시인은 현실이 어두워서 그 내부가 보이지 않는 삶의 진실한 표정들을 구석구석 조명할 것이다. 지나쳐 버린 생의 미세한 시간들을 끌어안으려는 시인의 포옹력은 "내내 별꽃처럼 풋풋한 서정이고 싶"「섬진강」은 시인의 순수한 희망이기도 하다.

# 해남에서 온 편지

이지엽

아홉배비 길 질컥질컥해서
오늘도 삭신 꾹꾹 쑤신다


아가 서울가는 인편에 쌀 쪼간 부친다 비민하것냐만
그래도 잘 챙겨 묵거라 아이엠 에픈가 뭔가가 징허긴
징헌갑다 느그 오래비도 존화로만 기별 딸랑하고 지난
설에도 안와브렀다 애비가 알믄 배락을 칠 것인디 그
냥반 까무잡잡하던 낯짝도 인자는 가뭇가뭇하다 나도
얼릉 따라 나서야 것는디 모진 것이 목숨이라 이도저
도 못하고 그러냐 안.
쑥 한 바구리 캐와 따듬다 말고 쏘주 한 잔 혔다 지랄
놈의 농사는 지먼 뭣 하나 그래도 자석들한테 팥이랑
돈부, 깨, 콩, 고추 보내는 재미였는디 너할코 종신서원
이라니… 그것은 하느님하고 갤혼하는 것이라는디…

더 살기 팍팍해서 어째야 쓸란가 모르것다 너는 이 에
미더러 보고자퍼도 꾹 전디라고 했는디 달구 똥마냥
니 생각 끈하다

　　복사꽃 저리 환하게 핀 것이
　　혼자 볼랑께 영 아깝다야

# 짓무른 상처,<br>'혼자 볼랑께 아까운' 복사꽃의 눈물

우리는 시를 읽으면서 시인의 내면을 은근슬쩍 훔쳐본다. 은밀한 내면을 보는 일은 숨겨둔 일기장을 몰래 보듯이 흥미 있는 일이고, 시에서 내재적 의미를 찾아내야 한다는 부담감에서 자유롭다. 이지엽(李志葉, 1958년생, 본명: 이경영) 시인의 시에는 가난한 유년의 뜰과 "내 공부 때문에 공납금을 못 내고 학교에서 일찍 돌아와 사립 밖에서 울던 누이의 눈물"「등의 힘」이 아롱져 있다. "상처의 젖은 땅 건너"「북으로 가는 길」 눈 감고서야 북으로 가신 장인과 "희망은 더 없다고 눈물 보이는 후배"「野性을 꿈꾸며」와의 추억도 고스란히 담겨 있다. 시인은 아프고 짓무른 상처의 흔적과 둥글어 그리운 기억을 정감의 언어들로 보듬는다.

시인의 포용과 사랑은 지난 2006년 현대시조 100주년 행사를 통해서도 드러났다. 현대시조의 고유한 정체성을 회복하고 시조문학의 밝은 미래를 모색하는 시간은 우리 문학사를 되새기고 각성하는 소중한 자리가 되었다. 장르 복합성과 다양성이 공존하는 오늘날 우리의 전통 시가 중 유일하게 남아 있는 시조라는 장르의 자리매김을 위해 부단히 노력하는 그의 모습에서 우리는 전통을 계승하고자 하는 순수한 시적 열정을 보았다.

"둥글어 더 내줄 것 없는 가난한"「線에 관한 명상」유년의 터전, 해남을 배경으로 한「해남에서 온 편지」는 1998 한국 시조 작품상을 수상한 작품으로 『북으로 가는 길』(고요아침, 2006)에 들어 있다. 시인이 근무하던 학교의 제자 중에 수녀 한 사람이 있었다. 이 시는 몇 해 전 남도 답사 길에 학생 몇과 함께 들렀던 그 수녀의 고향 집을 무대로 하고 있다. 다 제금 난 집을 혼자 지키고 있는 노모의 야윈 등과 젖은 눈 속으로 시간의 주름이 서서히 깊어간다. 생전에 남편이 꽃과 나무를 좋아했다는 이유로 지금도 여전히 집안과 텃밭을 꽃으로 메우고 있는 노모의 모습에서 우리는 슬픔을 다독여 가는 따뜻한 사랑을 느끼게 된다. "흘러도 다 울어내지 못한" 강물의 언어들을 가슴으로 껴안으며 시인은 마르고 거친 삶의 모습을 쓰다듬는다.

남편을 여의고 시골에 혼자 사는 어머니가 수녀가 된 딸을 걱정하며 건네는 편지 형식의 이 절절한 사연은 구수한 전라도 사투리를 통해서 더욱더 애틋한 분위기를 자아낸다. "아홉

배미 길 질컥질컥해서/ 오늘도 삭신 쿡쿡 쑤"시는 어머니는 먼저 세상을 등진 남편과 자식 생각에 쌓인 그리움을 쓰디쓴 "쏘주" 한잔으로 달랜다. 우리의 마음 문에 작은 울림을 주는 눈물의 언어들은 복사꽃 환하게 핀 자리를 함께 볼 수 없는 노모의 쓸쓸한 마음에 이끌린다.

　시인에게 세상의 모든 길들은 "상처가 남긴 살점"「아름다움의 한가운데」이다. 어쩌면 시인은 "한 사람에게 가 등꽃 그늘"「적벽을 찾아서」, 〈1999 중앙시조대상 수상작〉이 되어 주고, "잎 진 가지에도 햇살 마구 일렁일 거"「野性을 꿈꾸며」리는 희망을 보면서 끊임없이 외로운 삶들을 어루만지고 있는 것이리라. "그렇게 사람이 그리운 날" 그는 "살구꽃 하르르 지는 그 환하고 아픈 자리"를 따뜻한 시어들로 부드럽게 문지르고 있을 것이다.

# 신림마을

이창수

종점 지나 신림마을이 있다
신림마을은 나의 빈약한 상상의 세계
그 너머에 있다 하지만
나는 아직 신림마을에 들어가 본 적이 없다
신림마을의 진입로인 신림교 앞 공터엔
누구나 마을로 들어올 수 있다고
자귀나무가 분홍등 켜고 있다

종점으로 이사 온 뒤로
내가 꿈꿀 수 있는 시간은 아주 짧았다
꿈꾸지 못하는 시간을 조금 떼어내
종점에서 조금 더 위로 올라갔다
신림마을은 없다 대낮에도 우는
소쩍새가 내게 속삭였다

새벽이면 더럽고 축축한 베개를 껴안고 생각한다
지금 자귀나무가지마다
찢어지게 걸려 있는 등불을 따라가면
더 이상 꿈꾸지 못하는 사람들을 위한 마을
이 궁벽한 산 속 어딘가에 있을 거라는

# 대낮에도 우는 소쩍새, 그리움의 원형들

전남 보성군 복내면 당촌에서 평범한 농부의 삼남으로 태어난 이창수(李昶洙, 1970년생) 시인. 백 오십여 가구가 넘는 큰 마을이지만 광주廣州 이씨 집성촌 이다보니 '나'라는 개인보다는 늘 누구의 아들 혹은 형, 동생이라는 관계 속에서 존재감을 느껴왔다고 한다. 평소에는 잔잔하다가도 장마철만 되면 시뻘건 황톳물로 순식간에 마을을 덮친다는 보성강과 그 강을 닮은 집안 어른들의 기질을 그대로 이어받아 어렸을 때부터 자존심이 강하고 고집이 셌다는 시인. 누구에게 지는 걸 싫어하는 성격 때문에 종아리가 성할 날이 없었지만 약하고 여린 것들에게는 한 없이 부드러웠다고 말하는 그의 얼굴에 수줍은 웃음꽃이 핀다.

어릴 적 시인의 소원은 고향을 떠나 아무도 아는 사람이 없는 곳에서 사는 것이었다. 그 소원은 광주로 진학을 하면서 이루어졌지만, 지금은 고향 보성이 언젠가 반드시 돌아가야만 하는 그리움의 원형이라는 것을 안다. 도시생활을 오래 했으면서도 무의식 속의 언어가 자꾸 자신을 고향으로 불러내는지 그의 시집 『물오리사냥』(천년의시작, 2005)에는 고향 이야기와 자신을 두른 시골 풍경을 그린 작품들이 많다.

초등학교 시절, 함께 놀다 화를 당한 친구의 얼굴이 선연하게 살아 있어 더욱더 "사나운 강"으로 인식되는 "보성강". "옆집 염소와 구분이 가질 않아/ 옆 집 염소를 끌고 왔던 날"「염소」 아버지에게 회초리를 맞았던 기억. "성적표를 들고 들어오면 늘 매를 들던 무서운 아버지"「봄날은 간다」가 어느덧 가벼워졌다는 걸 느끼는 순간과 "역마살이 있어!" 하며 "나를 위해 점을 치던 할머니"「물고기자리」가 돌아가신 자리. 이제는 다 떠나버린 시간이 그의 시에서 강의 세월처럼 읽혀지고 지워진다.

지난 2002년, 무등산 아래에서 살 때 지었다는 시「신림마을」역시 경험적 진실에서 끌어올린 풍경화 한 폭이다. 일 년 동안 집중해서 시 공부를 할 요량으로 마음먹고 산으로 간 그가 새벽마다 증심사로 산책을 갔을 때의 일이다. 길가에 서 있는 돌비석에서 '神林마을'이라는 이름이 음각되어 있는 것을 보았다. 아마도 이곳은 무허가 음식점과 무당들이 살던 동네였으리라.

종점까지 밀려난 사람들과 종점 밖으로 나가 살 수밖에 없었던 사람들을 잠시 생각하고, 어느덧 신神의 숲 입구에 와 있는 자신을 발견한다. 한 발치 자신의 미래를 모르면서도 남들의 명운을 점 쳐주던 그들은 과연 어떤 사람들일까 하는 생각이 이 시를 쓰게 했다고 한다. 더 이상 꿈을 꿀 수 없다는 건 얼마나 불행한 일인가. 제 그림자 하나 없이 떠돌아야 하는 숱한 이름들을 불러주듯 궁금한 안부를 건네고 있는 그가 새벽이면 늘 시詩로 꿈의 문을 열어준다.

아무도 없고, 주변의 소리들이 깨지 않은 새벽에 주로 시를 쓰는 습관 때문에 동생에게 "형은 도대체 언제 시를 쓰는 거야? 입으로만 시를 쓰는 거야?"하고 핀잔을 들은 적도 있다. "이 세상에서 가장 긴 밧줄을 타고"「그믐달」 시간을 건너 온 오늘, 그는 "철로와 침묵이 사라진"「송암동 기찻길」 적요로운 길들을 오랫동안 천천히 걷고 있을 것이다. "서로 살을 부비며 맞대며 살아가는/ 여린 것들"「스스로에게 덫을 놓다」과 "한 치의 슬픈 틈도 없는 이것들"을 위로하며 시를 쓰기 위해서 말이다.

# 젖은 손

장이지

비가 내립니다
거지 아이의 거적때기 집에도 내립니다.
거적때기 집이어서 방 안에도 비가 내립니다.
이 나간 그릇과 찌그러진 냄비 위에도 내립니다.

처음에 물받이 기명들은 이가 시리다고 울다가
빗방울과 함께 울다가
고인 물에 빗물이 합치는 울림으로 울다가
발장단을 맞추고 있었습니다. 거지 아이가.

더럽고 앳된 손등이
비를 만나고 있습니다
고양이 세수도 하면서
만나고 가는 비와는 제법 지껄이면서.

　　"나선형의 밤이 떨어지는 안국동 길모퉁이"를 돌아, "비칠
대는 길을 지나"가다 보면, 거기 "안국동울음상점"이 있다. 상
점 안 진열장에는 어둠에 절여진 울음들이 빼곡히 놓여 있다.
"혼돈의 파일들", "그믐밤의 취기", "진흙 속의 욥", "거위 아리
아", "뒤집힌 함지咸池"로 명명되는 울음의 이름들이 상점 안을
가득 메운다. 장이지(張怡志, 1976년생, 본명: 장인수) 시인은 이미

오래되고 버려져서 잊혀진 존재들을 남김없이 불러 모아 진열장에 배치하면서 기억으로 남은 이름들을 현재의 빛 속에 옮겨 놓는다.

우리에게 잊혀진 별이 된 "명왕성에서 온 이메일"을 열어보면, 어린 시절의 소라 껍데기, 그대의 포옹 같은 낡고 오래된 이름들이 수신함 가득 쌓여 있다. 마음에서 멀어진 기억들은 "붉은 인연의 매듭 자국"과 "베개 자국"「마음이 없는 잠」으로 지난 시간을 잇는다. 시인은 그 시간을 하나하나 만져본다. 너구리 저택에 사는 "개그맨, 회사원, 꽃집 아저씨, 농부, 조직폭력배, 국회의원, 너구리 삼인조" 등의 이야기가 시인의 손에 이끌려 두서없이 쏟아졌다. 살풍경한 생의 이미지들이 이 겨울 눈에 덮여 모두가 고요해지는 아름다운 혁명의 밤을 시인은 좋아한다.

여전히 거울 안에는 "우울한 표정의 철남鐵男이 서 있"「철남」고, "지하철 계단을 올라오는 구두 소리"「몬스터 몽타주」가 들린다. 대구 지하철 참사의 아픔과 일그러진 욕망이 "무거운 비트"로 재현되며 거리를 적신다. 거리에서 그는 구체관절인

형이나, 전염병 환자처럼, 때로는 바퀴벌레처럼 우울한 존재
이다. 흔적도 없이 사라져 버린 이름들을 찾아 밤마다 "이 시
의 입구에서 서성"「꿈에 겐지가 내게 온다」이는 시인의 발바닥은
어둠에 물들어 어느덧 새까매졌다.

　"두 번 다시는/ 가서 닿을 수 없는,/ 시간이 까맣게 질식한/
두려운 처소"「콜라병 기념비」를 찾을 때마다 그는 왈칵 울음을
쏟는다. 울음을 손에 쥐고 밤마다 슬픈 꿈을 꾸는 이들이 여전
히 세들어 사는 안국동울음상점. 그는 유리문 너머로 "응접실
같은 구름을 몇 채 들이어 놓"「마음이 없는 잠」는 사내를 애잔하
게 훔쳐본다.

　버려지고 소외된 장면을 담아내는 시인의 눈길은 『안국동
울음상점』(랜덤하우스, 2007)에 실린 시「젖은 손」에 머문다. 어
떤 아이가 내리는 비에 손을 가져다대는 것에서 착상을 얻고
물이 새는 집에 살 때의 경험을 덧입혀 쓴 것이라고 한다. 언
젠가 비가 새는 집에서 살 때 방바닥에 그릇들을 늘어놓아야
했던 기억이 있다. 가난해서 슬프다는 타인의 감상은 때로 부
정확한 것이 되기 십상이지만 보는 사람이 오히려 슬퍼하는

것은 자칫 허위감정이 될 수 있다. 울음으로만 들리던 빗물 떨어지는 소리가 거지 아이와의 만남으로 말미암아 지껄임으로 변화한다. 거지 아이가 비에 손을 넣어 고양이 세수를 하고 비와 제법 소통을 한다는 시상은 절망적 상황 속에서 만나는 작은 것의 행복과 위안이다.

고향인 전남 고흥군 고흥읍 남계리에서 길지 않은 유년을 보냈지만, 나무로 지은 초등학교와 갖가지 전설이 떠돌았던 사람 손바닥 모양의 돌 바위, 죽은 뱀을 가지고 놀거나 구미호를 잡으러 다녔던 길들은 여전히 시인의 가슴에 남아 있다. 대학 때 연애 기분에서 쓰게 된 시가 이제는 잊혀지고 소외된 이름들을 불러내어 우리의 눈과 귀를 자극한다. 그는 시를 통해 "울음 끝에는 포옹도 있다는 것을" 알려주고 싶은 것이다. 그런 탓에 그는 오늘도 두런두런 잊혀진 기억을 찾아 거리를 헤매고 있는 것인지도 모른다.

# 서해, 저 독한 상사

정영주

서해, 저 독한 상사
모래가 발목을 잡고 놓지 않는다
한 번도 빠져보지 못한 서해
동해에 눈 맞추고
항시 그리로만 몸 기울였는데
서해에 맘 주지 못한 죄
오늘은 기어이 물으려는지
발목으로 무릎으로 기어오르며
나를 낚아채 주저앉힌다
푹푹 꺼지는 허방이
눈을 부라리며 삼키려든다
성깔진 이빨 하나 없는 것이
내 몸에 두지 않는 길 하나 열고자
제 마음 내 안에 두고자
가슴까지 모래를 퍼 나른다

서해가 이윽하다는
그대의 전언이 몸에 닿았으나
내 안에 몸 없는 바다일 뿐, 바다일 뿐
겨우 빠져나와 서해를 돌아보니
아, 바짝 타들어 검은 뻘로 누운
저 독한 상사
벌거벗은 슬픔, 여윈 속살을 보고서야
서해가 절절한 삶이라는 걸 알았다

# 슬픔과 눈 맞아 집 나간 삶의 자서전

정영주(鄭映周, 1952년생, 본명: 정복임) 시인이 성장한 곳은 강원도 묵호다. 강원도에서 전라도 광주까지 꼭 두 시간이 걸린다는 남편의 말에 속아 결혼을 했다는 시인. 광주에 둥지를 튼 지도 어느덧 삼십사 년째라고 말하는 그녀의 눈빛에서 고래 뱃속 같은 동해의 소금기와 빈 운동장에서 받아먹던 "햇빛 밥

상"의 슬픔이 축축하게 번진다. 한동안 그녀의 마음은 묵호를 떠나지 못했다. "온통 욕지기질로 헐떡이는 생선들"을 경매했던 "어달리" 선창가의 새벽과 "바람만 무성한 문짝도 없는/ 아버지 집"「아버지의 도시1」, 삶을 위해 "밤도 내다 팔아야 했"던 묵호의 허기진 골목들은 상처와 그리움으로 시인의 발목을 잡았다.

묵호에는 한평생 "석탄 가루로 분칠해 대는 재앙의 바람"으로 떠돌던 아버지의 그림자가 있다. "아버지가 오셨다 바람으로 나가면/ 어머니의 배는 동해의 달처럼"「아버지의 도시3」 부풀어 오르고, "그때마다 어머니 젖무덤에선 … 탱탱 불어난 검은 젖이/ 꿀처럼 흘러내"렸다고 한다. 그래도 시인에게는 "아무리 소금을 뿌려도/ 펄펄 살아나는 가난"「아버지의 도시5」 한 도시 묵호가 "아무도 버릴 수 없는" 아버지의 도시이자 생의 뿌리인 것이다.

이렇게 동해만 고집하는 시인에게 다른 얼굴의 절절한 삶과 애정이 있음을 일깨워 준 계기는 전북 부안 변산 반도 바닷가에서의 찰진 사랑이다. 시집 『말향고개』(실천문학사, 2007)에 들어 있는 「서해, 저 독한 상사」는 동해와 비슷한 바다를 찾아 늘 떠돌았던 시인에게 호남을 정인情人으로 각인시켜 준 변산 모래바다를 무대로 하고 있다. 시인의 차바퀴가 모래바다에 빠졌다. 이빨도 없는 물렁한 모래가 질기게 바퀴를 잡고 놓아주질 않는 것은 시인은 그동안 서해에 맘을 주지 못한 죄라고 생각한다. 그 죗값으로 그녀는 독한 뻘 모래가 가슴까지 치고 올라와 심장에 불을 지피며, "내 몸에 두지 않는 길 하나"를 여는 순간을 감내해야 했다. 사람들의 도움으로 겨우 빠져나온 서해에서 시인은 자신을 끌어안기 위해 제 속이 타들어간 줄도 모르는 모래의 여린 속살과 슬픔을 본다. 밀어낼수록 지독하게 달라붙는 서해의 모래알과 검은 뻘로 누운 독한 상사의 흔적은 그렇게 시인의 몸을 붙든다.

어린 시절 동해가 독한 세상 살아남는 법을 가르쳐 주었다면 서해는 현재의 절절한 삶 속에서 만나는 벌거벗은 슬픔을 보여준다. 시인의 기억은 호남 구석구석을 돌아 마침내 어머니의 조상인 기대승에게 닿는다. 제 핏줄이 호남과 깊은 연이 닿아 있음을 생각하며 시인은 심포항과 모항을 거쳐 수만리,

지실마을, 소쇄원, 무등산을 잇는 호남의 풍경들을 다시금 둘러본다.

"가는 햇빛 손가락에 돌돌 말아서/ 국수처럼 후루룩"「다락방1」 마셨던 유년의 중심에는 늘 "입도 귀도 눈도 틀 속에 박아 넣고 평생/ 자식들 생계를 꿰맨"「소리의 유산」 어머니가 있다. "어미가 남긴 조각보를" 기우며 시인은 세상이 주는 모든 고통을 바늘로 이겨낸다. "모래 폭풍 뒤의 고요"「무등산」를 만나 여기저기 다친 산을 오르며, 그녀는 오늘도 촘촘하게 누군가의 상처를 꿰매고 있을 것이다.

# 멀리 있어도 사랑이다

정윤천

눈앞에 당장 보이지 않아도 사랑이다. 어느 길 내내, 혼자서 부르며 왔던 어떤 노래가 온전히 한 사람의 귓전에 가 닿기만을 바랐다면, 무척은 쓸쓸했을지도 모를 서늘한 열망의 가슴이 바로 사랑이다.

고개를 돌려 눈길이 머물렀던 그 지점이 사랑이다. 빈 바닷가 곁을 지나치다가 난데없이 파도가 일었거든 사랑이다. 높다란 물너울의 중심 속으로 제 눈길의 초점이 맺혔거든, 거기 세상을 한꺼번에 달려온 모든 시간의 결정과도 같았을, 그런 일순과의 마주침이라면, 이런 이런, 그렇게는 꼼짝없이 사랑이다.

오래전에 비롯되었을 시작의 도착이 바로 사랑이다. 바람에 머리카락이 헝클어져 손가락 빗질인 양 쓸어 올려보다가, 목을 꺾고 정지한 아득한 바라봄이 사랑이다.

사랑에는 한사코 진한 냄새가 배어 있어서, 구름에
라도 실려오는 실낱같은 향기만으로도 얼마든지 사랑
이다. 갈 수 없어도 사랑이다. 혼魂이라도 그쪽으로 머
릴 두려는 그 아픔이 사랑이다.

멀리 있어도 사랑이다.

# 혼이라도 그 쪽으로 머리를 두려는
## 그리움의 시

정윤천(鄭閏天, 1960년생) 시인은 학교에 결석을 자주하는 개구쟁이 기질이 많았던 전남 화순군 만연리에서 보낸 유년기를 들추며 말문을 연다. 시험을 보는 날도 그는 결석을 할 생각으로 만화책을 방 안 가득 쌓아 놓고 있다가 친구에게 이끌려 억지로 시험을 보러가기도 했다. "만화책이라면 고뿔을 앓다가도 벌떡 일어나던 시절"「희숙이네 만화방」이다. "산밭일 가신 할

매 한테 새참"「일요일(맑음)」을 갖다드리라던 엄마의 심부름을 어기고 뒷골목에서 딱지 치며 놀다가 회초리를 맞기도 했다.

우연히 고등학교에서 시인인 국어 선생님을 만나 처음으로 시를 알게 되었다. 열아홉 된 누이를 잃고, 아버지를 잃고 나도 이제 고아가 되었구나 생각하며 감당했던 슬픔은 제 "마음에 깊고도 짠한 분화구"「마음의 분화구」를 남긴다. 추억에만 있는 "이빨 없는 할미꽃"과, "희끗해진 울 아부지 주름꽃", "귀밑머리가 서늘해진 울 엄니 그늘꽃", "그 꽃그늘 아래 누이들"「그 꽃밭 속」을 그는 시로 껴안는다. 그는 삶이 외로움과 절망, 분노와, 환히 속에서 비누거품을 내 혼자 샤워를 하는 것이라 말한다. 제 몸에 난 상처와 그리움을 다스릴 줄 아는 것이다.

만삭의 그리움을 안고도 '구석'의 삶을 응시하는 시인. "외진 상가 부근", "허름한 장바구니의 동구 끝", "마지막 수공업과도 같은 이발소" 등은 시인에게 "시로 삼아 시집에 넣기에 만만한"「구석」 곳이다. 그의 구석에 대한 애착은 그것이 '시집'과 닮아 있다고 여기기 때문이다. 특히 이발소와 시집은 "4천원 하던 몸값이 6천원이 되기까지 꼬박 십 년 넘게 걸렸다는 점"과 "강령도 따로 없어서 꼴리는 대로 행간을 내거나 가르마를 탄다는 점"에서 닮았다고 한다. 이렇게 그는 온몸으로 부대낀 정한情恨한 순간들과 가혹한 추억의 장면들을 그린다.

『구석』(실천문학사, 2007)에 실린「멀리 있어도 사랑이다」에는 시인이 꿈꾸는 사랑의 방법론이 담겨 있다. 대상에 대한 절실한 그리움이 시인의 시를 뜨겁게 달군다. 혼자 불러왔던 노래가 그에게로만 건너가기를 바라는 마음은 대상에 대한 집중으로 드러난다. 멀리 있어도 사랑인 것에 대한 답은 도처에 깔려있다. 난데없이 일렁이는 파도를 아득하게 바라보는 화자는 실낱같은 향기조차 감지해내는 절실한 그리움을 통해 멀리 있지만 사랑인 것들을 형상화한다. 그리고 그것은 "제시간에 맞추어 늦지 않게 도착"하는 "그리움"처럼 "지난 시간의 버짐 같은 기억"「안쪽을 위하여」으로 남아 사랑의 저녁노을로 저물어 간다.

대중과의 교감을 위해 누드로 첼로를 연주했던 나탈리 망

세처럼 아직 "제대로 너를 벗어준 적"「시에게 미안하다」 없었던 시에게 늘 미안함을 고백하는 시인. 뭐니 뭐니 해도 시는 여름밤의 마당귀에서 밤하늘을 쳐다보는 일처럼 광활하고 먹먹한 순간과 만나는 지점이 제격이라며, 그는 스스로에게 끊임없이 시와 교감하고 연애할 것을 당부한다.

# 아내의 잠

정휘립

잠은 헛소리들로, 기운 자국 투성이였다.
작업복 터진 가랑이 퀴퀴한, 체취 내부에
서너 푼 추억의 이轈들을 꿈결같이 기르고,
선창가 먼지바람이 순찰 도는 시골 읍에
겨울의 눈썹털을 뽑아내며 싸락눈 오면,
아비의 쉰 기침에서 건져 올린 새치 몇 개.
고향은 섬 갯벌에 발이 빠진 아이처럼
허우적거리다, 길가에 나앉아 울기도 하다가,
빈약한 엄마 젖살 위에서 쌕쌕 눈을 감는다.
햇살로 점점이 녹는 비닐창 서리꽃에
아침이 제 이마를 하염없이 찧고 있는데,
그 잠은 얼마나 깊은지 바닥에 발이 닿지 않는다.
가위눌린 파도 소리로 빈 이물을 가득 채우며,
급기야 사다리를 헛디디는 소스라침과 함께,
아내는 심해 속에서 떠오르는 닻을 본다.

# 성냥불을 댕기던, 추운 밤의 입김

　　정휘립(鄭輝立, 1955생, 본명: 정일균) 시인의 시에는 시인의 자화상뿐만 아니라 다양한 소시민들의 소박한 얼굴이 생생하게 담겨 있다. "시집 한 권을 읽고 나서 독자가 시집의 주인을 바라볼 수 있어야 한다"는 시인의 말에서도 삶에서 부대끼는 문제가 내면 깊은 곳까지 얼마나 심도 있게 스며들었는가를 알 수 있다. 허기진 내면, "빈 방을 채"「겨울, 객사客舍앞에서」 우는 일에 늘 고민하던 시인은 "심지를 헤집어 내어 성냥불을 댕"「객사석등客舍石燈」기며 구석진 곳에 서 있는 '나'와 '우리'의 존재를 본다. "천정에 매달려 연명하는 삶이 어떤 건지"「앵무새의 새벽」알기에 시인의 눈과 귀는 현실 세계와 내면세계를 잇는 통로로서 늘 열려 있다.

　　각진 생生의 이력들을 둥글게 투사하는 시인의 눈은 바로 앞의 현실만을 쫓아가는 우리 삶의 각박한 시간들을 반성하게 한다. 우리의 의식을 깨우치려는 서정의 언어들은 시조의 그릇에 오롯이 담긴 천상의 율격을 선사하며 우리의 심금을 울린다. 자신이 살고 있는 고향 전주의 생태적 배경 때문에 시조를 쓰게 되었는지도 모르겠다던 시인은 현대의 일상을 담

아 절절하게 풀어내는 새로운 그릇으로서의 시조를 통해 일상
의 숨은 그림을 찾아내고 있다. 시인은 "시작도 끝도 없는/ …
뫼비우스의/ 어찌 못할 띠"의 세상 속에서 "목덜미 멍에를 벗
고/ 날아볼 날"「뒤틀린 굴렁쇠 되어-뫼비우스의 띠1」을 꿈꾸는 이름
들을 찾아 불러주고 있는 것이다.

시「아내의 잠」은 2002 중앙시조대상 신인상을 수상한 작품으로『뒤틀린 굴렁쇠 되어』(태학사, 2006)에 수록되어 있다. 고향인 전북 부안의 바닷가를 그리며 밤마다 유년의 꿈속을 헤매는 아내의 모습이 안쓰러워 쓴 것이라 한다. 시인은 이 시를 통해 현실의 고단함을 밀어 낸 꿈자리에 유년의 그리움을 들어앉힌다. "헛소리들로, 기운 자국 투성이"인 잠 속에는 아름답고 말끔한 풍경 대신 "작업복 터진 가랑이" 내부에서 풍기는 퀴퀴한 냄새와 그 속에서 기르는 "서너 푼 추억의 이들"이 있다. "선창가 먼지바람"을 두른 고향을 떠올리면 "겨울의 눈썹털"같은 "아버지의 새치 몇 개"도 함께 굴러온다.

"섬 갯벌에 발이 빠진 아이"처럼 "허우적거리다가", "울기도 하다가", "엄마 젖살 위에서 쌕쌕 눈을 감"기도 하는 '고향'은 고난과 슬픔, 모성의 포근함이 어우러진 자연 빛깔의 공간이다. 아침이 오도록 바닥에 발이 닿지 않는 아내의 깊은 잠은 가끔 무거운 현실을 내려놓고 기분 좋게 유년을 가두는 푸른 감옥이다. "가위눌린 파도 소리로 빈 이물을 가득 채우"는 순간을 지나 "사다리를 헛디디는 소스라침"과 함께 눈을 뜨는 아내가 보는 것은 심해 속에서 떠오르는 "닻"이다. 꿈을 깨고 새 날을 길어 올리는 낯익은 신호이리라.

　시인은 고단한 삶 속에서 우리가 놓치고 있는 것들을 시詩를 통하여 그리움의 숨결로 되새기게 한다. "습기에 무른 나의 잠"을 깨워 "물살에 젖은 언어"「부활을 위하여1」를 건져 올리고, "차마 피지 못하는 꽃들"과 "제 어둠을 연신 삼키며 퍼렇게 빛나는 눈들"「부활을 위하여2」에게도 관심을 보내는 시인의 눈빛으로 인해 독자는 한층 밝아진 세상을 만날 수 있을 것이다.

# 어머니의 시

조성국

손끝이 부산하다
멀리 우련 푸르러진 는개 빛의
그 너른 들녘 다 팔고 오실 적엔
혼자서 멀거니 저문 서천만 바라보시더니
화색이 밝다 한 아름의
부챗살 햇귀를 받아 든 손바닥에서
꾀꾀로 여릿한 싹이 돋고
묵정밭처럼 생산이 끝난 아파트 길제
자투리땅에 상추며 고추 호박 넌출이 파다하다
힘줄 불거진 장딴지를 드러낸 채
채마 등속을 키워 올리는 손끝은
여전히 넓고 푸른 논밭이다
건성드뭇하니 도드라진 잡풀을
가끔 솎아내는 첨삭도 하면서 퇴고를 거친
행간 자간이 완벽한 푸른 여백의
시를 여태 본 적이 없다

# 희망에 수갑 채우던 마음의 감옥



조성국(趙成國, 1963년생) 시인은 스스로 "마음의 감옥"을 짓는다. 노동법을 뒤적거리며 실팍한 노조를 꿈꾸던 절절한 생의 아픔을 기억하는 시인이기에 "와자한 소란과 잠깐의 적요"「늦은 봄밤」 사이에서도 고요한 응시의 눈빛으로 은벽진 골목을 바라볼 수 있는 것이다.

"황홀한 상처의 길을/ 걸어보기로 작정"「신출내기」했던 신출내기의 다부진 각오와 "조출철야 프레스 밟았던"「마음의 감옥」 자리의 차가운 감촉, "남의 집 대문간에서/ 잠깐 눈 붙이"던 서러운 시간이 근육을 조여 온다. 유리공장 소음에 중독된 날들과 혹한기를 견딘 시간 역시 "마음의 감옥"이 되어 그악스레 되살아난다.

내보낼 틈 없이 빽빽하게 들어찬 해묵은 사연들은 누추한 모습으로 늘 시인과 동행한다. 이십 수년 살았어도 한 번도 가보지 않은 샛길이 많은 광주시 양동 골목에서 시인은 "밤길을 일러주는 애기보살 점집"과 "앳된 창녀가 기대어 있는 여인숙", "게슴츠레한 눈빛의 과수댁 외상 점방" 등의 잿빛 옷차림을 본다. 골목에 깃든 남루한 역사의 흔적 속에서 시인은 "먹먹한 체중"을 느낀다. 그러다가도 "고물장수의 목쉰/ 확성기 소리"를 들을 때면 어느새 추억 속에서 활력을 되찾는 시인. 이렇게 소소한 공간일지라도 시인에게는 과거로부터 달려온 현 존재의 의미를 드러내면서 여러 겹 풍경으로 인화된다.

"닭전머리" 역시 과거와 현재를 잇는 시간의 다리이다. "처갓집이었으면 싶었"던 그 집은 어느새 "엽총 맞을 뻔했던" 아찔한 순간의 공간으로 바뀌고, 다시 "고성방가 범칙금을 물게 했던 집", "수갑 소리의 집", "여직도 우렁찬 빙장어른 목소리"와 장모님의 "흥겨운 가야금 가락"이 들리는 집 등 다양한 표정으로 드러난다. 묻어버리고 싶은 상처와 아픔이 자꾸만 곱씹어지는 것을 시인은 몸으로 쓴 젊은 날의 열정으로부터 한 발 떨어져 이제는 먹물이 들어버린 것 같은 마음 때문이라고 한다. 밤새 도둑짐을 싸듯 빠져나온 "잠시 버둥거리다가 감쪽같이 사라진 생"이 이제껏 자신을 "견디도록 지탱해준"「빚진 생」버팀목이 되었다는 것을 알기에 시인은 스스로 옥살이를 하고 있는지 모른다. 그 이면에는 노동으로 비루한 현실을 감내하는 법을 알려준 어머니가 있다.

시집 『슬그머니』(실천문학사, 2007)에 들어 있는 「어머니의 시」는 모든 것을 다 내주고도 "부챗살 햇귀를 받아 든 손바닥에서/ 꾀꾀로 여릿한 싹이 돋"는 것을 보며 희망과 부활의 삶을 길러낼 줄 아는 어머니의 노동을 체험적 진실로 내면화하고 있다. 어머니가 직접 채마 등속을 키운 자투리땅은 "넓고 푸른 논밭"이어서 도드라진 잡풀을 가끔 솎아내며 첨삭해야

했다. 어머니의 피땀이 밴 이 공간은 결국 힘겨운 노동 뒤에 구슬땀 맺힌 보람의 언어를 꿰며 "퇴고를 거친/ 행간 자간이 완벽한 푸른 여백의 시"로 가꾸어지는 것이다.

"세상에는 공밥 없다"「공밥」며 "작대기를 쥐어 주"던 어머니의 손, 그리고 자신의 팔뚝에 "뚜렷한 몇 십 바늘 봉합 수술 자국"을 남겼던 기억이 있기에 시인은 손끝에서 넓고 푸른 논밭을 찾아낼 수 있는 것이리라. 현상금과 일계급 특진이 걸린 수배를 받고 잠행 중일 때, 고문타살 된 흔적만 남기고 죽어버린 동기를 떠올리며 그때의 심사를 메모했던 것이 시를 쓰는 배경이 되었다는 시인. 녹록치 않은 세상살이를 감내하면서도 늘 "이 나이 먹도록 뭐했느냐는 자괴감"「그렇게도 살았다」에 시달리는 시인의 착한 마음이 후미진 골목을 자꾸만 바장거리게 한다.

# 새들의 역사

최금진

우리 집안 남자들은 난생설화 속에서 태어나기 때문에
배꼽이 없다
그러니 탯줄 없는 남자들은 무슨 수로 잡아매나
밤하늘엔 연줄 끊어진 연들처럼 별들이 떠돌고
우리 집 나그네, 라는 우리 친척 여자들의 말 속에는
모계사회의 전통가옥과 거미줄과 삐걱거리는 툇마루뿐
멀리 강원도 탄광에 갔다가 돌아오지 않는
우리 당숙도 죽어서는 새가 되어
가지 않고 날마다 숙모의 꿈속에 내려와 운다
티베트에선 죽은 사람을 독수리 먹이로 던져준다는데
누가 우리 집안 여자들을 부려 새를 키우나
배꼽이 없는,
그래서 세상에 아무 인연도 까닭도 없이
엄마는 부엌에 쭈그리고 앉아 피똥 싸듯 나를 낳았다

어서어서 자라서 훨훨 날아가라고 서둘러
날개옷 같은 하얀 배냇옷 한 벌을 지어놓았다
서른일곱에 정착도 못하고 나는 지금도 어딜 싸돌아 다닌다

# 새들의 난생설화,<br>　　　　　외로움의 서식지

　　최금진(崔金眞, 1970년생) 시인의 시에는 가난 때문에 소외받고 고통 받는 이들의 표정이 담겨 있다. 세상에 대한 적개심과 부정의식은 "가난한 아버지와 불행한 어머니의 교배로 만들어진"「웃는 사람들」 것이다. 가난은 시인에게 유전적으로 대물림되는 지독한 유전자인 셈이다. "열성인자를 물려받고 태어난 웃음"조차도 어딘가 일그러져 있는 것은 가난이라는 유전자로 인해 생긴 우울증과 분노, 슬픔과 죽음의 이미지가 달라붙어 있기 때문이다.

　　유년의 고향에는 "가난한 자신이 부끄러워 화를"「가난한 아버지들의 동화」 내셨던 아버지의 얼굴, "유서도 못 쓰고 죽은 신원 미상의 젊은 여자"와 "신발만 겨우 벗고 뛰어든 할망구"「잉어떼」의 한恨, "얼굴 시커먼 청년들에게 제물로 바쳐지곤"「석회암 지대」 하던 "누이들"의 슬픔이 서려 있다. "우울증을 앓는 사람들이" "열대야 속에 멍하니 앉아 있"「아파트가 운다」는 모습, "까닭도 없이 제 마누라와 애들을" 패는 가장의 모습, "파리약을 타 마시고 죽었다"「조용한 가족」는 노파의 죽음이 순식간에 '호상'으로 둔갑하는 냉혹한 현실을 보기도 한다.

“느타리버섯 같은 암세포가” “이미 내장에까지 뿌리내렸”
「친구야, 혼자서 가라」는데도 자식과 아내 걱정에 징징거리는 친구를 보며 “살아서 지겨운 가난” 혼자서 내려놓고 가라는 말을 남기고 돌아온다. 그리고 “화장실 변기통에 앉아서/ 콩팥을 팝니다 전화주세요를 보다가”「팝니다, 연락주세요」 “당겨쓴 카드빛과 텅 빈 통장을 생각”한다. 우울한 생애를 짊어지고

쓸쓸한 저녁을 맞이하는 시인에게 "구인 광고지처럼/ 저녁의 끄트머리에 서서 펄럭"「태풍 속에서」이는 풍경이 포착되는 것은 당연한 일이다. 아픔도 고통도 다 가라앉아 그것을 손으로 휘휘 저었을 때 다시 수면 위로 떠오르는 추억들은 결국 시가 될 수밖에 없는 것이다.

『새들의 역사』(창비, 2007)에 실린 시「새들의 역사」에는 가난한 가족사의 내력과 역마살의 자서전적 이야기가 담겨 있다. 아버지가 일찍 돌아가신 탓에 가정은 어려웠고, 유독 친척들 중에 요절하신 분이 많아서 시인은 일찍부터 삶의 그늘에 눈을 떴다고 한다. 늘 불안정한 생활로 인해 여러 도시를 옮겨 다니며 떠돌이 같은 공허함을 안고 살았다는 시인.「새들의 역사」는 새들처럼 공중에 집을 둔 사람의 정서가 반영되어 있다. 탯줄이 없이 불안정한 가족사는 끊어진 연들처럼 떠도는 별로 그려지면서 바닥에 닿지 못하고 아직도 허공을 떠도는 서른일곱의 생을 보게 한다.

시가 아니면 더는 아무것도 할 수 없다고 생각했을 때, 직장을 그만 두고 십 년 넘게 써온 시, 수백 번도 넘게 응모해서 낙

방했던 시, 그간 그런 시를 쓰며 살아온 세월에 대해 배신감을 맛보았다는 시인. 약국에서 사 모은 수면제를 주머니에 넣은 채, 차를 몰고 절벽으로 떨어질 생각을 하면서 산길을 싸돌아다니던 어느 날, 아이러니하게도 모든 것을 포기할 수 있다는 확신이 들었을 때 등단을 했다고 한다. 등단작 「사랑에 대한 짤막한 질문」에 나오는 헤벌어진 시체의 웃음은 바로 자신의 웃음이고, "나는 무엇이었을까"를 질문하고 있던 사람도 바로 자신이라고 한다. 자유로운 시간이 잔뜩 주어진다면 아마 세상에서 가장 아름다운 시를 쓰고 있을 거라는 그의 말이 저녁 바람처럼 쓸쓸하다.

# 구강포 갈매기 · 2

최한선

비를 맞는 것이 아니라
생존을 위하여 빗속을 나대는
등 굽은 구강포 갈매기를 본다
자식들 제각각 객지로들 떠나고
세 칸 자리 초가조차 바람 숭숭 피어
어둠과 적막도 때론 다정할 수 있나니
외양간을 울리고 측간을 감돌아 곳간
너머의 감나무를 벌겋게 물들인 소리
주렁주렁 강물로 차오르는 갈매기의
앓은 소리 그래 올 설엔 내롤 수 있지야?
갈매기는 창공을 날고 싶을 것인데
하얀 구름 위를 맴돌며 꿈꿔야 할 텐데
등 굽은 갈매기는 오늘도 뻘밭을 헤적인다

# 물결소리가 키워온 등 굽은 갈매기

　예술작품의 원형은 작가의 정신에 깃든 고향의 이미지에서 찾을 수 있다. "탯자리 묻은 고향과 훈훈한 가족들, 그리고 잘 익고 삭은 친구들"이 있던 전남 강진군 칠량면 송로리는 최한선(崔漢善, 1960년생) 시인에게 늘 "귀한 희망의 샘물"같은 곳이다. "잘 익은 우정으로 일상을 엮고, 넣어 둔 뒷골목 풍경들" 하나씩 꺼내 놓은 시의 마당에는 늘 "영원한 화두"인 고향과

어머니가 있다. 그는 이 풍경 앞에서 "원형의 섬유질이 많은 촌사람"이 된다.

선고께서 편찮으셔서 병원에 입원하신 탓으로 여동생과 둘이 지낸 시간이 길었던 유년. 어른들이 안 계시다보니 자연스레 끼니를 거르고 준비물을 챙기지 못해 학교에 결석하는 날이 많았다. 집에서 빈둥대는 모습을 보고 동네 서당 선생님께서 불러 한문을 가르치기 시작했는데, 아마도 그 시절의 경험이 오늘 자신을 한문 선생으로 만들지 않았을까 싶다고 한다. 그는 현재 대학에서 한문을 가르치며, "문화유적의 보고寶庫"인 전남문화재 연구원장을 맡고 있다.

그는 제 서정의 밑천인 고향과 가족에 대한 미안함과 안쓰러움에 시를 쓴다. 자신 때문에 "질경이 질근질근 즈려 밟고 가고픈 학교"「구룡리 사람들·3」도 못가고 오로지 "일곱 살 나이에 어른"「구룡리 사람들·2」이 되어 오빠 뒷바라지를 한 동생에게 시로써 미안함을 고백한다. "같은 반찬/ 겸상하며/ 살아온 사람들"「구로리 사람들·1」을 떠올리며, "구강포의/ 눈 시린 여백 속에/ 하늘까지 출렁이는/ 당신들의 숨소리"를 듣는다.

그 찰싹한 숨결 속에 "태고의 적막을 돋우는/ 구강포의 푸른 섬 하나"「구로리 사람들 · 5」가 또렷이 보인다. 어느새 하나 둘 고향을 떠나 둥지를 틀고, 지금은 "그저 해풍 따라/ 출렁"이는 그곳을 시인은 늘 갈망한다. "칠흑의 고요가 물결 소리 키울 때"「구로리 사람들 · 4」마다, "붉다 못해 푸르른/ 동백"「구로리 사람들 · 3」의 기억들이 자꾸 그를 고향으로 이끈 것이다.

시집 『화사한 고독』(고요아침, 2006)에 들어 있는 「구강포 갈매기 · 2」는 다산 선생께서 공부하셨다는, 동네 건너 마을에서 구강포라는 뻘강을 건너 배를 타고 시집 온 어머니의 생을 그린 시이다. 등 굽은 갈매기로 은유된 어머니는 자식들 다 키워 객지로 떠나보내고 바람이 숭숭 피는 세 칸 초가의 적막 위에 몸을 누인다. 화자는 어둠과 적막 속에서 허전함과 슬픔 대신 자신을 웃게 했던 지난 풍경의 소리를 듣는다. 외양간과 측간을 감돌아 곳간 너머의 감나무를 벌겋게 물들이는 소리는 어느새 피고 지는 시간을 돌아 어머니의 내면으로 흐른다. 구강포 갈매기는 가장 낮은 자리에서 뻘밭을 갈며 그 뻘의 힘으로 오늘을 견디고 내일을 바라봤던 어머니의 꿈을 오롯이 담

고 있다. 시인은 그 안쓰럽고 처연한 어머니의 눈 속을 들여다
보고 있다.

　대학 글쓰기 대회에서 잦은 수상을 했지만 훗날 한문학에
심취하면서 시 쓸 기회를 얻지 못했던 그가 다시 찾은 시는 용
광로와 같다. 그 속에서 시인은 늘 새롭게 탄생하는 자신의 또
다른 모습을 확인하기 때문이다. 그의 고향과 가족에 대한 애
착은 세 번째 시집『사랑 그리고 남도』(태학사, 2009)에서 폭넓
은 남도 사랑을 유도하며 더 깊고 길게 이어진다. 예전엔 발
디딜 곳 없이 북적였던 고향의 골목길이 지금은 넓어지고 조
용해졌다는 것에 유감을 드러내며 그는 "가지하나 가지고도
행복한"「사랑43-가을의 소리」 주변의 소리에 귀를 기울인다.

# 재개발지구

하 린

국적불명의 바람이 암 덩어리를 몰고 온다
우르르 콱콱 포클레인이 관절을 꺾고
철없는 아이들이 몰려와
퀭한 집의 내장을 들여다본다
한 아이가 돌을 던진다
20세기 창문은 깨지고
잘못 배달된 노을이 날카롭다

텔레비전 화면이 풀죽처럼 흘러내린다
술 취한 밥상이 아버지를 뒤엎고
값싼 본드를 마신 아들이
날개를 자르고 내려와 공터에서 헐떡인다
더 이상 철거되는 걸 기다릴 순 없다
다짐을 덧칠한 벽엔 금이 가고
기둥은 토박이 정신을 버린다

연탄가스가 독 오른 살모사처럼 기어오를 때
상속권 없는 저녁별이 떠오른다
불 꺼진 골목과 낙오자의 방

21세기가 급하게 채널을 돌린다

## 유쾌한 냉소주의로 파헤치는 자본주의의 저물녘

하린(河潾, 1971년생, 본명: 하종기) 시인의 "시는 주로 밤에 번식한다"「H씨 죽음을 수령하다」 "칸칸마다 얼음이 어는지도 모르고 둥글게 몸을 웅크린 채 원고지 같은 쪽방에서"「양은냄비」 가까스로 악몽을 피하던 사람들, "건전지 갈아 끼우듯 여자를 바꾸던 아버지"「어머니의 저항(Ω)」 "한이 충전된 배터리를 꺼내/ 아버지 몸속에서 헤엄쳐 다니는 여자들을 지져"대는 어머니의 모습을 그는 주로 밤에 그린다.

"아버지가 무덤을 열고 나오면" 그를 "두들겨 패줄 거라"「보급소의 노래」고 말하던 형, 동네에 "우루과이라운드라는 새로운 규칙이 발효되자" "마지막 생산의 발을 자르고 도시 변두리로 이적료도 없이 옮겨"「야구공을 던지는 몇 가지 방식」간 아버지, "술 취한 아버지에게 얻어맞고도 끈질기게 땅만" 파던 어머니, "임시직을 반복하다 30대 중반을" 훌쩍 넘겨버린 '나'에 이르는 처절하고 누추한 가족사 대부분은 그의 상상 속에서 만들어진 것이다.

어떤 분들은 시인의 개인사를 오해하거나 시를 허구적으로 쓴다고 나무랄 수도 있겠지만 어디까지나 문학은 신문기사처럼 드러난 것만을 쓰는 게 아니기에 해야 할 말을 감동적으로 전달하기 위해 상상으로 지은 집에 쓰리고 아픈 가족사를 담아 왔다고 한다. 그는 「야구공을 던지는 몇 가지 방식」을 통해 가족의 암울한 삶을 다분히 개인적인 범주에 가두지 않고, 투수가 던지는 구질을 직구, 슬라이더, 포크볼, 커브, 마구로 구분하여 해학적으로 그려내면서 자본주의 희생물로 인식하는 비판적인 시각을 보여준다. 또한 「어머니의 저항(Ω)」에서는 아버지의 바람기에 희생당한 어머니가 저항하는 모습을 전기 장치에 비유하기도 한다. 예전에 저수지에서 자동차 배터리를 이용해 팔뚝만 한 붕어와 잉어를 기절시켜 잡은 사람들을 본 적이 있는데, 그 장면과 여러 가지 전기에 관한 장치들이 머릿속에 섞이면서 어머니들의 한을 새롭게 그려보고자 썼다고 한다.

『야구공을 던지는 몇 가지 방식』(문학세계사, 2010)에 담긴 「재개발지구」역시 재개발의 풍경 속에 "불 꺼진 골목"과 낙오자의 삶을 결합하면서 토박이 정신을 버리고 빠르게 변화해 가는 삶의 분위기를 드리운다. 두 명이 겨울 지나갈 정도의 비좁은 골목, 모두가 다 떠난 자리에 남은 "퀭한 집의 내장"과 깨진 "20세기의 창문" "풀죽처럼 흘러내린" 텔레비전 화면, 금 간 벽 등은 한때 절실하게 끌어안았던 생을 증명한다. 상속할 수 없는 보금자리를 내줘야 하는 이들에겐 노을마저도 날카롭게 느껴진다. 이렇게 그는 저물어가는 풍경을 바라보는 데 익숙하다. 그는 시대의 아픈 곳에서 흘러나오는 앓는 소리를 잘 듣는다.

전남 영광군 법성면 화천리의 텃밭과 고등학교 문예반 시절은 그에게 일평생 시를 쓸 기회를 주었다. 자본주의에 대한 비판적인 목소리를 담아 첫 시집을 낸 후, 암울한 냉소주의가 아닌 유쾌한 냉소주의를 통해 시 세계에 변화를 주고 싶다는 그의 생각이 맑은 수맥으로 이어지길 바란다.

이름 비슷한 시인 때문에 '하린'이라는 필명을 쓰게 되었다는 시인. 문단의 큰 어른과 이름이 비슷하면 그 시인 덕분에 오히려 더 알려질 수 있는 계기가 될 수도 있겠지만, 시인은 어디까지나 시로 말해야 한다는 생각 때문에 필명을 썼다고 한다. '맑은 강'이란 이름만큼 시에 대한 그의 순수한 열정이 계속되기를 바란다.

# 소리의 그림자

허형만

소리에도 그림자가 있다는 걸 아는 사람은 드물지
나도 오늘에사 소쩍새 한 울음 길게 들은 뒤
낮잠에서 깨어나서도 한참동안 그 소리 은은했거니
그림자 없는 생명이 어디 있으랴 싶어
耳鳴으로 고생하는 친구에게 전화를 걸었것다
자네 귀에서 울고 있다는 폭포소리
바람소리 새소리 매미소리 귀뚜라미소리
모두가 숨 쉬는 소리의 그림자 아니겠느냐고
그러니 더불어 살아야지 어쩌겠느냐고
우리네 삶에서 태양간섭처럼
보이지 않는 간섭도 얼마나 많은데
耳鳴은 그래도 나은 편 아니겠느냐고
자네가 좋아 둥지 튼 소리의 그림자를 어쩌겠느냐고

그림자 없는 생명이 있을까. 세상에 둥지를 튼 그림자들은 저마다의 몸짓으로 살아 있음을 증명한다. 허형만(許炯萬, 1945년생) 시인은 시 쓰기를 통해서 모든 생명의 숨결들을 껴안고 살아 있는 자신을 확인한다고 한다. 시인에게 시는 제 삶을 증명하는 그림자이며, 생명의 입맞춤이며, 희망인 것이다.

"햇살과 달빛, 우주의 온갖 소리들, 나와 함께 해 준 모든 생명들"을 고맙게 여기며, 존재하는 모든 것들의 허기를 노래하고 뒤늦은 깨달음을 자성하는 시인. 그는 "그렇게 깊고 그렇게 허망 했"던 안개 자욱한 아침의 시간들이 이순耳順을 지나면서 얼마나 단단하게 익어 가는지를 보여준다. 세 평 남짓한 작업실에서 "적요의 강을 치솟아 오르는 저 등 푸른 그리움 한 마리"「등 푸른 그리움」를 낚는다. 시인은 기다림만으로도 끊임없이 우주와의 대화를 시도한다. 하고픈 말을 다 한다고 해서 소통이 되는 것은 아니다. 우주 만물 앞에 겸허한 시를 바치기 위해 자정을 훌쩍 넘긴 시간까지 마음을 낮추고 고독을 즐기는 시인. "한 평 남짓 적요함도 넉넉해서 행복"「남산을 걸으며」한 이유는 고요 속에서 선명해지는 소리들의 그림자가 내면에 깊숙이 둥지를 틀기 때문이다.

　소리에도 그림자가 있음을 들려주는 이 시는 그의 열두 번째 시집 『눈 먼 사랑』(시와사람, 2008)에 들어 있다. 낮잠을 깬 후에도 꿈에서 들었던 소쩍새 울음소리가 귓가에 은은하게 감도는 것은 소리가 떠난 자리에도 그림자가 남아 파닥거리기 때문이다. 이명耳鳴은 귓속에 자리 잡은 새로운 생명이다. 귀에서 울고 있는 온갖 소리들의 그림자는 절망과 통증을 두르고 생의 연약한 살갗을 뚫는다. 상처가 싹튼 자리에는 그림자가 생기고 어느 순간 그것은 넓고 깊은 소리를 들려준다. 보이지 않는 무수한 간섭보다 이명耳鳴이 낫지 않겠느냐는 물음을 통해 시인은 원하지 않은 소리들 속에 서 있을 수밖에 없는 삶을 위로하면서 끊임없이 소통하고 움직이는 생명의 본질을 들여다보게 한다.

슬프지만 따뜻했던 유년의 터전 순천은 시인으로서 그의 꿈이 싹튼 곳이다. 초등학교 시절, 출장이 잦은 아버지에 대한 그리움에 시를 쓰기 시작하면서 남몰래 시인의 꿈을 키워왔다는 시인. 그의 눈빛은 이미 동인지를 만들고 시화전을 열었던 순천고 문예반 시절에 가 닿는다. 대학입시보다도 시에 열정을 쏟았던 추억이라고 한다. 2008년 겨울, 순천고 교정에는 그의 창작 열정을 기리는 시비가 세워지기도 했다.

시인의 말처럼 산다는 것은 우주라는 수틀에 바람결과 햇살들 바늘귀에 끼우고 꽃잎들로 하롱하롱 수를 놓는 일일 것이다. "영혼이 맑은 사람들만 깨어 있"는 저녁, "갈매빛 밤하

늘 별"「저녁은」을 상처처럼 어루만지며 홀로 어둡고 추운 문을
향해 "한 등 한 등 정성껏 밝히는 등불"「감」을 내걸고 있는 그
의 모습이 그려진다.

# 꽃이 온다

황형철

꽃이 간다 고천암호 가창오리 떼처럼 금방이라도 날
아오를 것 같더니 파열도 없이 단숨에 스스로를 마감
하는 정점이다 태반을 놓아버린 꽃이 나무 곁에 머문
잠깐의 인연을 생각하는 동안…에도 꽃은 장례도 없이
간다 중유中有의 때도 없이 한 방울 눈물도 없이 간다
모의한 듯 능청맞게 가는 뒷모습에 꽃의 속살 겹겹이
만져진다 가만가만 그 속 들여다보니 나무가 견딘 날
들이 애처로이 서 있다 살얼음을 건너온 발걸음이 울
고 있다 눈바람 거친 운율에 가득해진 생채기 틈으로
다만 햇빛에 실려 온 뭇 것들이 바삐 드나든다

꽃은 나무의 열熱이다
가지의 탄력을 받아 훌쩍 날갯짓을 하고 싶었으나
묵묵한 소요만 자서처럼 붉게 남았다

꽃들아, 꽃들아 네 심연에 나를 묻는다
동박새 한 줌 열을 물은 채 날아가 앉은 자리에서
꽃이 온다

# 생채기 틈새로
## 나무가 밀어낸 꽃의 파열음

    황형철(黃馨徹, 1975년생) 시인의 시는 아름답고 살가운 표정
이 사라져 가는 현실에 대한 반성과 희망을 노래한다. 가뭄으
로 인해 "흉흉하게 갈라"진 호수의 여린 속살을 보며 메말라
가는 삶의 단면을 들춰내는 시인의 눈은 깊고 섬세하다. 지금
은 "짓무른 상처"만 남아 "파리떼"들만 들락거리는 "호수"는

"부랑한 시절들"이 젖은 눈매로 스멀대는, "온통 연적뿐"인 오늘의 현실을 드러낸다. 시인은 그 삭막한 몸의 틈새에서 한 줄기 "양기를 불어넣는 씀바귀"「숲2」를 발견하고, 또 어딘가에 숨어 있을 "태아처럼 웅크린 씨앗 한 톨"「터울 건너」을 찾아 나선다.

"지친 생이 끌고 가는 연탄수레 무거운 바퀴자국"「봄」을 밟고 "아픈 데가 더 많이 보이는 약국"을 지나 점점 더 깊숙이 도시의 빈민가로 접어드는 시인. 그는 가난하고 소소한 삶의 이력 속에서도 "목련나무 새하얀 봄 꺼내드는 시간"을 떠올리며 희망을 꿈꾼다.

시「꽃이 온다」『시인』(2008, 하반기호)에서는 자연의 질서 속에서 생명이 싹트고 지는 순간을 고스란히 보여준다. "금방이라도 날아오를 것" 같다가도 "단숨에 스스로를 마감하는 정점"은 화려하게 피던 시절을 남겨 두고 일순간 시들고 마는 꽃의 속성을 이야기한다. 나무 위에서 수없이 피고 지는 생명의 시간들을 "장례"도 없이, "중유中有의 때"도 없이, "한 방울 눈물"도 없이 보냈다는 것은, 소멸하는 것들에 대한 성찰이 없이 살아온 우리 삶의 조급함과 자연에 대한 인간의 오만함을 깨우치게 한다.

　"나무가 견딘 날들"과 "살얼음을 건너온 발걸음이 울고"간 시간이 담긴 나무의 여린 속살은 꽃이 피기까지 묵묵하게 양분을 건네주며 초초하게 지켜봤을 꽃의 근원을 보여주고 있다. "꽃"은 나무의 열이다. 나무가 뿌리로부터 뽑아 올린 열을 꽃에게 몰아주는 동안에 꽃은 날아오르고자 몸을 던진다. 그것은 "자서처럼 붉"은 "묵묵한 소요"로 남겨지며 거친 세상을 지나온 낱낱의 이력이면서, 생명의 기운을 예감하는 은밀한 신호이다. 꽃의 "심연에 나를 묻는" 행위는 피는 것만을 요구하는 세상에 대한 반성과 시인의 책무가 무엇인지를 들여다보게 하는 것이리라. 동박새가 물고 간 열은 꽃의 비상이며, 꽃이 가는 것과 오는 것이 하나임을 보여준다. 그것은 무엇과도 바꿀 수 없는 생명의 충만함이다.

　주변의 사소한 것들에 애정을 갖고, 시대의 불의에 당당한 목소리를 내어 주는 시를 쓰고 싶다는 시인의 말에서도 "온갖 작은 것들도/ 접을 붙이는"「산수유꽃 피는 마을」 따뜻한 마음을 확인할 수 있다. 자신의 고향보다 광주를 둘러싼 곳곳에 상상력이 몸에 와 닿는다는 시인. 말과 노래 등 '입'을 이용하는 것을 다 못하는 불행을 그나마 시로 해결할 수 있어 다행이라고 이야기하는 시인의 얼굴에서 자연의 숨결이 느껴진다. "아침 햇살을 받기에 좋은 창을 내고"「집」, "갈라진 수피 사이로 더운 입김"「식목」을 불어 넣는 시인의 정감어린 마음으로 인하여 우리는 촉촉하고 건강한 생명의 근원을 만나게 되리라.

# 시의 출처


강경호,「석류나무·2」,『휘파람을 부는 개』, 시와사람(2009).

강연호,「세상의 모든 뿌리는 젖어 있다」,『세상의 모든 뿌리는 젖어 있다』, 문학동네(2001).

강인한,「바람 센 날의 풍경」,『입술』, 시학(2009).

고성만,「단풍」,『슬픔을 사육하다』, 천년의시작(2008).

고영서,「기타 치는 女子」,『기린 울음』, 삶이 보이는 창(2007).

고재종,「쪽빛문장-오솔길의 몽상 10」,『쪽빛문장』, 문학사상사 (2004).

김강호,「나목-아버지」,『아버지』, 동학사(2008).

김규성,「슬픈 귀향」,『현대시학』(2010.1).

김미승,「김밥 강론」,『네가 우는 소리를 들었다』(2007).

김선태,「백련사 동백숲 3」,『동백숲에 길을 묻다』, 세계사(2003).

김영재,「아름다운 땀냄새」,『홍어』, 책만드는집(2010).

김유석,「강가에서 놀다」,『상처에 대하여』, 현대시(2005).

김재석,「때죽꽃 질 무렵」,『강진』, 문학들(2010).

김형미,「절집나무」,『산밖의 산으로 가는 길』, 문학의 전당(2010).

김희수,「사랑의 화학반응」,『사랑의 화학반응』, 시와사람(1995).

나혜경,「채석강을 읽다」,『담쟁이덩굴의 독법』, 고요아침(2010).

나희덕,「육각의 방」,『야생사과』, 창작과비평(2009).

문　신,「물가죽 북」,『물가죽 북』, 애지(2008).

박두규,「문풍지」,『숲에 들다』, 애지(2008).

박라연,「낡아빠진 농사」,『빛의 사서함』, 문학과지성사(2009).

박성민,「구두의 내부-동행」,『쌍봉낙타의 꿈』, 고요아침(2011).

박성우,「소금창고」,『가뜬한 잠』, 창작과비평(2007).

박현덕,「완도를 가다」,『서정과현실』(2008, 하반기호).

백수인,「투명한 난꽃」,『시와시학』(2003, 가을호).

범대순,「아침 햇빛을 타고 가는 기차」,『북창서재(北窓書齋)』, 시와
　　　　사람(1999).

복효근,「연어의 나이테」,『목련꽃 브라자』, 천년의시작(2005).

서연정,「고인돌의 노래」,『무엇이 들어 있을까』, 고요아침(2007).

서효인,「숙성」,『소년 파르티잔 행동지침』, 민음사(2010).

손광은,「애향탑-고향 앞에 서서」,『땅을 딛고 해가 뜬다』, 한림(2007).

송반달,「직소기행」,『야야, 바람이 분다』, 한국문연(2007).

송선영,「새 하나가」,『쓸쓸한 절창』, 문학들(2007).

송수권,「시골길 또는 술통」,『시골길 또는 술통』, 종려나무(2007).

신덕룡,「고요」,『소리의 감옥』, 천년의시작(2006).

염창권,「호두껍질 속의 별」,『햇살의 길』, 고요아침(2007).

오세영,「그릇」,『모순의 흙』, 고려원(1985).

유강희,「돌확」,『오리막』, 문학동네(2005).

윤금초,「해남 나들이」,『땅끝』, 태학사(2001).

윤석정,「달 목공소 1-어느 늙은 목수 이야기」,『오페라 미용실』, 민
    음사(2009).

이대흠,「귀가 서럽다」,『귀가 서럽다』, 창작과비평(2010).

이은봉,「선암사에서」,『봄 여름 가을 겨울』, 창작과비평(1997).

이지엽,「해남에서 온 편지」,『북으로 가는 길』, 고요아침(2006).

이창수,「신림마을」,『물 오리 사냥』, 천년의시작(2005).

장이지,「젖은 손」,『안국동울음상점』, 랜덤하우스(2007).

정영주,「서해, 저 독한 상사」,『말향고래』, 실천문학사(2007).

정윤천,「멀리 있어도 사랑이다」,『구석』, 실천문학사(2007).

정휘립,「아내의 잠」,『뒤틀린 굴렁쇠 되어』, 태학사(2006).

조성국,「어머니의 시」,『슬그머니』, 실천문학사(2007).

최금진,「새들의 역사」,『새들의 역사』, 창작과비평(2007).

최한선,「구강포 갈매기 · 2」,『화사한 고독』, 고요아침(2006).

하　린,「재개발지구」,『야구공을 던지는 몇 가지 방식』, 문학세계사
    (2010).

허형만,「소리의 그림자」,『눈 먼 사랑』, 시와사람(2008).

황형철,「꽃이 온다」,『시인』(2008, 여름호).

# 눈물로 읽는 사서함


| 초판 1쇄 인쇄일 | 2011년 11월 21일 |
| 초판 1쇄 발행일 | 2011년 11월 22일 |

| 지은이 | 이송희 |
| 펴낸이 | 정구형 |
| 출판이사 | 김성달 |
| 편집이사 | 박지연 |
| 책임편집 | 이하나 |
| 본문편집 | 정유진 |
| 디자인 | 정문희 장정옥 |
| 마케팅 | 정찬용 |
| 영업관리 | 한미애 김정훈 안성민 |
| 인쇄처 | 현문 |
| 펴낸곳 | **북치는 마을** |

등록일 2006 11 02 제2007-12호
서울시 강동구 성내동 447-11 현영빌딩 2층
Tel 442-4623 Fax 442-4625
www.kookhak.co.kr
kookhak2001@hanmail.net

| ISBN | 978-89-93047-18-9 *03800 |
| 가격 | 12,000원 |


* 저자와의 협의하에 인지는 생략합니다.
**북치는 마을** 은 **국학자료원**, **새미**의 자회사입니다.

잘못된 책은 구입하신 곳에서 교환하여 드립니다.